GAME OF GOETIA

니콜로 장편소설

FUSION FANTASTIC STORY

마왕의 게임

마왕의 게임 7

니콜로 장편소설

초판 1쇄 찍은 날 § 2016년 1월 27일
초판 1쇄 펴낸 날 § 2016년 2월 3일

지은이 § 니콜로
펴낸이 § 서경석

편집책임 § 한준만

펴낸곳 § 도서출판 청어람
등록번호 § 제387-1999-000006호
등록일자 § 1999. 5. 31
어람번호 § 제1-2342호

주소 § 경기도 부천시 원미구 부일로 483번길 40 서경B/D 3F (우) 14640
전화 § 032-656-4452 팩스 § 032-656-4453
http://www.chungeoram.com
Email § chungeorambook@daum.net

ISBN 979-11-04-90627-5 04810
ISBN 979-11-04-90396-0 (세트)

GAME OF GOETIA

7

니콜로 장편소설

FUSION FANTASTIC STORY

마왕의 게임

도서출판 청어람

목차

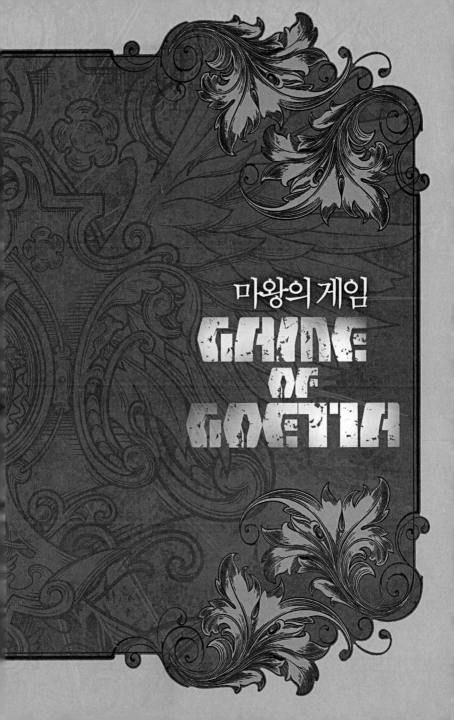

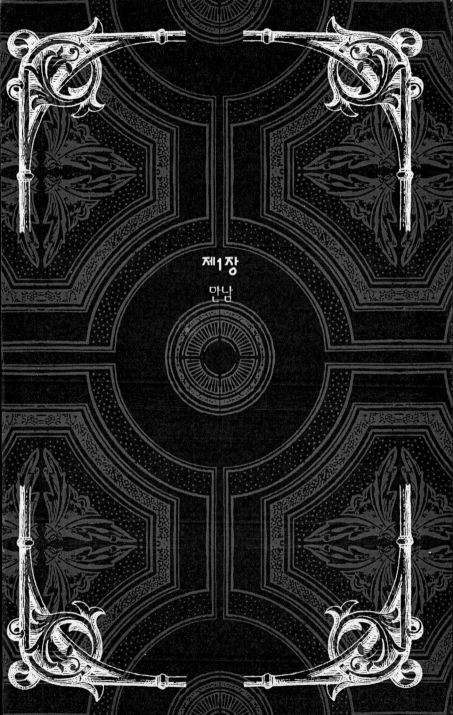

제1장

만남

'사도를 하나 더 추가해야겠군.'

이신은 일단 가지고 있던 마력을 확인해 보았다.

[마력 : 2,790]

지난번 수확의 날에 3천이 넘는 마력량을 확보했지만, 콜럼버스와 이존효에게 능력을 부여해 2천을 소모했다. 그러다가 이번 서열전 승리로 악마군주 시메이에스에게서 소원으로 1,580마력을 확보해 지금의 마력량이 되었다.

가장 시급한 것은 빙의 능력을 지닌 또 다른 사도였다.

초반 정찰 때 콜럼버스가 그대로 죽었다면 승부가 어찌 되었을지는 모르는 일이었다.

그렇게 생각에 잠겨 있을 때였다.

"수고 많으셨어요."

그레모리가 기쁨으로 가득한 얼굴로 다가왔다.

"딱히 수고라 할 것도 없었습니다."

가장 힘든 순간이라고 해봐야, 화살에 맞은 콜럼버스의 육체에 빙의되었을 때뿐이었다.

그 말에 그레모리는 호호 웃었다.

"정말 대단하세요. 지금은 서열이 62위인데, 72위였던 때와 변함없이 자신감이 넘치세요."

"60위권의 계약자들 실력이 다 로베스피에르와 비슷하다면, 당분간은 누구와 싸우나 비슷할 겁니다. 누가 덤벼도 저를 이길 수 없습니다."

악마군주 시메이에스는 조금 더 위쪽 서열에서 추락했다고 했다. 그렇다면 그 위쪽도 실력들이 다 고만고만하다는 뜻이었다.

'그럼 내가 질 일이 없지.'

단언할 수 있었다.

지금껏 상대해 온 계약자들과 이신은 본질적인 차이가 있었다.

그것은 바로 계산 능력.

프로게이머인 이신은 시간 계산이 초 단위까지 매우 정밀했고, 그 계산을 바탕으로 자신이 가장 강하며 상대적으로 적이 가장 약한 타이밍을 포착할 줄 알았다.

마력을 채집하는 노예들의 숫자나 다른 마력석 채집장을 가져가는 타이밍을 조절해서 병력량을 타이밍에 따라 마음대로 조절

할 수도 있었다.

그런 실시간의 시간 개념이 없다시피 한 계약자들은 아무리 똑똑하고 악마로서의 능력이 강력해도 이신을 이기기 어려웠다.

오히려 지금껏 상대한 자들 중 가장 강한 사람을 꼽자면 바로 자신의 사도인 질 드 레.

질 드 레는 그동안 이신이 전략을 짜는 방식을 가까이서 지켜 보았고, 모의전 상대도 수차례 되어주었다. 그러다 보니 웬만한 계약자들보다 더 실력이 좋아질 수밖에 없었다.

지금의 질 드 레라면 이신 대신 서열전에 내보내도 될 정도였 다.

"자, 그럼 본래 세계로 돌려보내 드릴게요."

"아닙니다. 조금 더 있다 가겠습니다."

"호호, 좋지요."

"모의전도 해보면서 여러 가지로 연구할 게 많으니 먼저 돌아 가 계십시오."

"알겠어요. 그럼 계속 수고해 주세요."

그레모리가 먼저 떠나 버린 후, 이신은 질 드 레를 불렀다.

"부르셨습니까."

질 드 레가 나타나 부복했다.

"사도가 한 명 더 필요한데."

"사도 말씀이십니까?"

"쓸 만한 사람 없나?"

일단 생각나는 사람은 로빈 후드.

즉, 설화의 주인공 로빈 후드가 아니라, 그 이름을 사칭하며 셔우드 숲에서 강도단 두목을 한 악당이었다.

활 솜씨도 있고 배짱도 나쁘지는 않지만, 이신이 현재까지 보유한 사도들에 비하면 격이 떨어진다.

신항로를 발견한 모험가 콜럼버스.

잔 다르크와 함께 백년전쟁을 승리로 이끈 질 드 레.

당대 최고의 용맹을 자랑했던 이존효.

사도를 5인까지밖에 임명하지 못하므로, 일개 강도단 두목을 껴 넣기에는 아까운 점이 많았다.

질 드 레는 고개를 저었다.

"저 역시 언제나 계약자님의 승리를 바라고 있습니다. 눈에 띄는 인재가 있었다면 진즉에 계약자님께 천거했을 겁니다. 아쉽게도 아직까지는 딱히……."

"그런가."

그렇다면 하는 수 없었다.

이신이 말했다.

"그럼 찾아봐야지. 모의전을 하자."

질 드 레는 금방 이신의 의도를 눈치챘다.

"저도 휴먼을 택하겠습니다."

"그래야지. 눈에 띄는 인재가 나오면 바로바로 체크해 둬."

"예. 일단은 병영에서 소환되는 병과 위주로 살펴보겠습니다."

"궁병, 창병, 방패병, 기사까지만 소환해. 특별한 전략 없이 병력이 모이면 무조건 중앙에 보내서 싸우는 것으로 하지."

"예."

그렇게 약속을 정해놓고서 두 사람은 모의전을 시작했다.

이신은 일단 마력 확보를 위해 노예를 잔뜩 소환해 일을 시켰고, 바로 앞마당에도 마력석 채집장을 구축해 마력량을 대폭 늘렸다. 그러고는 병영을 8개나 짓고서 호화롭게 병력을 대량 소환하기 시작.

대장간에서 무기 개발까지 완료되자 석궁병·장창병·방패병 등이 득시글거렸다.

일단 이신은 사도 이존효가 소환되자 따로 불러서 조용히 일렀다.

"넌 직접 전면에서 싸우지 말고 뒤에서 지휘만 하면서 쓸 만한 인재가 없나 눈여겨보도록 해."

"인재를 찾으십니까?"

이신은 고개를 끄덕였다.

"무예에 능통한 네가 보는 눈이 더 정확하겠지."

"예, 맡겨주십시오!"

이존효는 자신 있게 가슴을 탕탕 쳤다.

그러다가 이존효가 다시 물었다.

"그런데 상대 진영 쪽에서 쓸 만한 녀석이 보이면 어떡할까요?"

"바로 나한테 보고해. 내가 질 드 레에게 말할 테니까."

"옛!"

이신은 일단 콜럼버스에게 정찰을 시켰다. 아니, 정찰이 아니었다.

질 드 레의 진영에 이르자 콜럼버스는 공격하려는 질 드 레 측의 석궁병들에게 손을 휘휘 내저었다.

"잠깐! 난 질 드 레 경에게 계약자님의 말씀을 전하러 왔어!"

그러자 한 석궁병이 질 드 레의 지시를 받았는지 앞으로 나서서 말했다.

"말씀이 무엇이냐?"

"나더러 이곳에 계속 머물면서 계약자님과 질 드 레 경 사이의 전령 역할을 하라고 하셨다."

아쉽게도 모의전이든 서열전이든 양측의 지휘자는 서로 소통을 할 수 없었고 아군의 병사와 적군의 지휘자 역시 소통이 불가능했다. 때문에 이신은 질 드 레와 실시간으로 소통하기 위해 콜럼버스를 보낸 것이다.

석궁병이 고개를 끄덕였다.

"좋다. 계약자님의 말씀이 있거든 내게 말하면 된다."

그 석궁병이 질 드 레 측의 소통 담당자가 되었다.

"오케이. 그럼 이리 와서 앉아보라고."

콜럼버스는 넉살 좋게도 적진에서 석궁병과 함께 나란히 바위에 걸터앉아 이런저런 잡담을 했다.

전장의 중앙에 다수 병력이 모여 전투가 시작되었다.

"크아악!"

"크윽!"

"죽여!"

양측의 병력이 치열하게 싸웠다.

질 드 레와 이신은 싸움을 지켜보며 특출한 활약을 하는 인재가 있는지 살펴보았다.

하지만 본진과 앞마당의 마력석을 다 파먹을 때까지 싸워도 특별히 눈에 띄는 이는 없었다.

이신이 보기에는 제법 잘 싸우는 이가 몇 있었으나, 의견을 물어볼 때마다 이존효는 고개를 저었다.

"저 정도는 제가 1합에 목을 날릴 수 있습니다. 저 같은 실력자가 다른 계약자들의 사도 중에 없지는 않을 겁니다."

계속해서 병력을 뽑아내어서 더없이 많은 이들이 소환되었지만, 제7 전장 오린의 중앙 꼭대기가 유혈의 바다가 되도록 인재는 나타나지 않았다.

'안 되겠군.'

이신은 고개를 저으며 콜럼버스를 통해 질 드 레에게 지시했다.

'투석기를 제작하라고 전해. 투석기를 잘 다루는 공병이 있는지도 살펴봐야겠어.'

"옛, 전달했습니다."

양측은 마력석 채집장을 2개씩 더 가져가서 마력 채집량을 대폭 늘렸다.

넘치는 마력으로 특수병영에서 공병을 소환.

공병들이 일제히 투석기를 조립하기 시작했다.

투석기 10기가 완성되자 이신은 공병들에게 지시를 내렸다.

"투석기를 분해해서 중앙으로 전진. 각자 자율적인 판단대로 위치를 정해서 투석기를 사용해 보도록."

"옛!"

공병들은 투석기를 분해해 수레처럼 만들고는 질질 끌며 힘겹게 중앙 지역으로 나아갔다.

제7 전장 오린은 중심부에 이를수록 지형이 높아지는 산 같은 형태라, 투석기를 끌고 등산을 하는 것이나 마찬가지였던 것이다.

공병들은 투석기와 열기구를 제작하며 부서진 건물을 수리하는 역할을 하지만, 투석기를 조준해서 발사하는 일까지 맡고 있었다.

한마디로 공병과 포병의 역할을 모두 겸하고 있는 중요한 병과였다.

이신은 그중 포병으로서의 역할을 얼마나 잘할 수 있는지 살펴보고자 한 것이었다.

이번에는 이신의 의도가 적중했다. 당장 특출한 공병이 나타난 것이었다.

사거리와 발사각을 정밀하게 조준하고 발사해, 상대측의 투석기를 선제공격으로 반파시킨 공병이 있었다.

상대측 공병이 쩔쩔매며 부서지는 투석기를 수리할 때, 그는 다시 한 번 발사해 정확히 명중시켰다.

콰아앙!

"으악!"

상대측 공병이 투석기와 함께 바위에 맞아 절명했다.

이신이 눈여겨본 공병은 계속 전진, 적의 동선을 제한시킬 수 있는 좋은 위치에 자리 잡고서 투석기를 사용했다.

'저거다.'

이신은 확신이 들었다.

잠시 전투를 중단시키고, 그 공병을 따로 불렀다.

"부르셨습니까?"

공병이 물었다.

"이름이 뭐지?"

"그게……."

이상하게도 공병은 대답을 망설였다.

이신이 의아해할 때, 공병이 마지못해 말했다.

"…오귀스트 마르몽입니다."

"어디서 들어본 것 같은데?"

이신은 고개를 갸웃거렸다.

최근 역사에 관심을 많이 두었기 때문에 언뜻 이름을 들어보았던 것이다.

하지만 그래봤자 겉핥기식의 공부였기에 웬만큼 유명한 인물이 아닌 이상 알아보기가 불가능했다.

오귀스트 마르몽이라고 스스로를 소개한 공병도 더 이상의 설명은 하기 꺼려 하는 눈치였다.

어쨌든 생전에 어떤 사람이었는지는 그다지 중요한 게 아니었다.

"그건 됐고, 널 내 사도로 임명하겠다."

"저를 말입니까?"

마르몽은 상당히 놀랐다.

"그래. 네 솜씨가 상당히 좋더군. 의향이 있나?"

"저, 저는……."

"빨리 대답해. 싫으면 다른 사람 찾아야 하니까."

이신이 일침을 가했다. 그러자 공병이 허둥지둥 대답했다.

"하겠습니다! 저를 사도로 임명해 주십시오!"

"좋아."

이신은 만족스럽게 고개를 끄덕였다.

모의전이 종료되고 질 드 레가 물었다.

"만족스러운 인재를 찾으셨습니까?"

이신은 고개를 끄덕였다.

"공병 중에서 찾았다."

질 드 레는 그 말에 잠시 뭔가를 떠올리다가 말했다.

"그 투석기를 다루던 인물이군요."

"아는군."

"그 사거리를 피하느라 제한적인 용병술을 펼쳐야 했습니다. 제대로 된 인재를 발견하신 듯합니다."

"그런 것 같아."

이신은 이제 새로운 사도를 임명하기로 했다.

[오귀스트 마르몽을 사도로 임명하시겠습니까? 300마력이 소

모됩니다.]

　'임명한다.'

　[오귀스트 마르몽을 사도로 임명했습니다. '사도 명단'이라고 말씀하시면 자세한 내용을 확인하실 수 있습니다.]

　'사도명단.'

　이윽고 콜럼버스, 질 드 레, 이준효와 함께 말미에 새로운 사도가 추가되었다.

　오귀스트 마르몽(휴먼, 공병)

　무기 : 없음

　방어구 : 없음

　능력 : 없음

　이신에게 남은 마력량은 2,490.

　'아직 여유가 있군.'

　계속해서 방어구와 능력도 부여했다.

　[방어구와 능력이 임의로 부여되며 총 1,300마력이 소모됩니다. 부여하시겠습니까?]

　'부여한다.'

　오귀스트 마르몽(휴먼, 공병)

　무기 : 없음

　방어구 : 가죽갑옷(방어력 +5%)

능력 : 빙의(사도의 육체를 직접 조종할 수 있습니다.)

원하던 빙의가 나왔다. 임의로 부여된다고는 하나, 그건 임의로 가장 필요한 것이 부여된다는 뜻이었다.

서열전의 시스템은 이신이 현재 가장 필요한 것을 정확하게 부여해 준 것이다.

그렇게 새로운 사도와 함께 목적을 완수하자 이신은 문득 궁금해졌다.

'오귀스트 마르몽? 언뜻 보았던 이름인데 누구였지?'

일단 자기 소유의 사도가 되고 나자 더욱 궁금해지는 것이었다.

＊　　　　＊　　　　＊

작은 키를 가진 사내가 날카로운 시선으로 전장을 주시하고 있었다.

비록 체격은 작지만 눈빛에서 예사롭지 않은 위엄이 느껴지는 그런 사내였다.

사내는 중얼거렸다.

"마르몽의 소환이 안 되는데."

그러자 그의 곁에 있던 마법사 한 명이 말했다.

"소환이 안 된다면 이유는 하나밖에 없습니다, 폐하."

작은 키의 사내는 폐하라 불리고 있었다.

　　　　*　　　　　*　　　　　*

　새로운 사도가 추가되었기 때문에 이신은 전략과 빌드 오더를 새롭게 정리해 보는 시간을 가졌다.

　그동안 꽤나 실력이 붙은 질 드 레의 마물은 상당히 강해서 제법 치열한 대결이 되었다.

　'재미있는데?'

　마치 어린아이와 게임을 하다가 이제야 좀 실력이 있는 아마추어 고수를 만난 기분이었다.

　마계의 서열전은 스페이스 크래프트와는 또 다른 재미가 있었다.

　진짜 살아 있는 생명체로 하는 실시간 전략 시뮬레이션!

　처음에는 꺼림칙했으나 이제는 익숙해져서 재미가 붙었다.

　보다 전쟁에 있어 박진감이 넘쳤던 것. 어차피 전장에 소환된 이들 또한 기회를 얻는 셈이라 서로가 윈윈. 양심의 가책을 받을 필요도 없었다.

　"투석기 부대 전진, 지휘는 마르몽이 맡는다."

　"예!"

　새로운 사도, 오귀스트 마르몽은 분해된 투석기를 가진 공병들을 이끌고 이동했다.

　석궁병·장창병·방패병이 골고루 조합된 병력이 그들을 호위하며 함께 전진했다.

"이쯤이다!"

마르몽이 외치자 공병들이 제자리에 멈춰 서서 투석기를 다시 조립하기 시작했다.

이신은 고개를 끄덕였다.

딱 마음에 드는 위치였다.

'신경 쓸 일이 더 줄어들었군.'

세세하게 신경 쓸 일이 줄어들자 그만큼 멀티태스킹의 부담도 줄었다.

투석기 부대는 마르몽이, 병영 병력의 전투는 이존효가.

이렇게 분담이 되자 이신은 세세하게 하나하나 조종할 필요가 없어졌다.

그만큼 운영에 더 집중해서 병력 소환 생산성을 높일 수 있었다.

이신이 택한 전략은 투석기를 이용한 조이기.

초반은 병영에서 소환한 병력과 자신의 치유 능력을 합해서 버티고, 공병이 소환되고 투석기가 완성되었을 때 진격하는 전략이었다.

긴 사거리의 투석기가 질 드 레의 앞마당을 향해 바위를 쏘기 시작했다.

질 드 레는 대량으로 소환한 헬하운드 떼로 맞섰다.

미리 밖으로 빼두었던 헬하운드 떼가 앞마당에 모인 헬하운드 떼와 함께 앞뒤로 싸먹는 그림을 그린 모양이었다.

투앙― 쿠우웅!

"키엑!"

"깨앵!"

바위가 수없이 날아들어 달려드는 헬하운드들의 예봉을 꺾었다.

절묘한 발사 타이밍!

마르몽의 지휘력이 빛을 발했다.

투석기를 성벽처럼 배치해 한 면을 막았고, 다른 면을 방패병들이 막았다. 그 안에서 장창병과 석궁병이 농성(籠城)을 하듯이 공격했다.

이는 이신만이 펼칠 수 있는 심시티 전술이었다.

공격을 나온 쪽은 이신이었지만, 도리어 그가 방어를 하는 것이다.

굳건히 자리 잡고 지키는 것이 휴먼 종족의 요체!

거기다가 투석기 1기를 따로 빼두어서 접근하는 마물들을 공격하게 했다.

무엇보다도 그 틈바구니 안에 끼어 있는 콜럼버스.

[계약자 이신 님께서 사도 콜럼버스의 육체에 빙의됩니다.]

결정적인 싸움이 되자, 이신은 콜럼버스에게 빙의하여서 치유 능력을 펼쳤다.

거기에,

"크아아아아아아—!!"

쩌렁쩌렁하게 울려 퍼지는 이존효의 포효!

[사도 이존효의 능력 광기를 사용합니다.]

[주변 아군이 광기에 휩싸여 공격력이 크게 강화되었습니다.]
[부작용으로 주변 아군의 체력이 손상되었습니다.]

결국 질 드 레는 엔트까지 동원하여서 분전했지만, 이신의 병력을 전부 잡아먹지 못하고 패배를 선언했다.

"졌습니다. 역시 계약자님은 당해낼 수가 없군요."

"치유 능력이 생기고서 한층 편해졌어."

이신은 만족스러워했다.

"사도들의 활약도 더해져서 확실히 전보다 몇 배는 더 강해지셨습니다."

그렇게 만족스럽게 모의전을 마치고 궁전으로 돌아왔을 때였다.

돌아오자마자 시녀들이 호들갑스럽게 우르르 달려왔다.

"계약자님!"

"큰일이에요!"

"손님이에요! 엄청난 손님이라고요!"

시녀들이 합창을 하듯이 소리치자 이신은 정신이 없어졌다.

"누군데 그러지?"

"가보시면 알아요!"

"자자, 어서 가보세요!"

"꽤 긴 시간을 기다렸다고요."

시녀들은 이신을 잡아끌다시피 하며 궁전의 대전(大殿)으로 향하였다.

흠칫.

대전에 가까이 이르자 이신은 움찔했다.

강력한 기운이 대전 안에서 느껴졌기 때문이었다.

그레모리의 기운은 아니었다. 그녀의 마력은 이신을 편안하게 하지 이런 압박감을 심어주지 않는다.

'악마군주?'

이 압박감은 그렇게밖에 생각할 수가 없었다.

'설마 또 바로 서열전이라고? 그럴 리가.'

그레모리의 바로 아래인 서열 63위의 악마군주는 벨리알.

그 계약자는 바로 조아생 뮈라였다.

벨리알과 조아생 뮈라가 자신들에게 도전해 올 리는 없을 터.

'아무튼 들어가 보면 알겠지.'

시녀들이 대전의 문을 열었다.

끼이익—

열린 문으로 보이는 드넓은 대전의 풍경.

기다란 직사각형의 식탁이 놓여 있고, 그 위에 만찬이 화려하게 차려져 있어 먹음직스러운 자태를 뽐낸다.

식탁의 양쪽 끝에는 제각기 한 사람씩 앉아 있다.

좌측은 그레모리. 그리고 우측은 작은 체격의 젊은 서양 남자와 그 양옆으로 5명이 모여 앉았다.

도저히 악마군주로는 보이지 않는 작은 체격의 서양 남자가 바로 이신이 아까부터 느끼고 있던 압박감의 주인공이었다.

"오셨군요."

그레모리가 손짓했다.

이신은 자연스럽게 그녀의 곁으로 가면서도, 곁눈질로 서양 남자를 응시했다.

어디서 아주 많이 본 얼굴이었다.

"그가 그레모리 님의 계약자입니까."

남자가 입을 열었다.

그레모리는 눈웃음을 지으며 고개를 끄덕였다.

"그래요. 아주 유능한 사람이죠."

"활약상은 익히 들었지요. 듣기에도 상당한 남자로 보입니다."

그의 말이 이어졌다.

"무엇보다도 그 뮈라가 다시 싸우고 싶어 하지 않는 상대라……. 상대를 안 가리는 그 멧돼지가 두려워할 정도면 실로 놀랍지 않습니까."

그러자 그 측근 몇몇도 나직이 웃었다.

조아생 뮈라를 언급한 것을 보고 이신은 흠칫했다. 이곳에 오기 전에 조아생 뮈라와 따로 담화를 나눌 정도의 사이인 데다가 마치 조아생 뮈라를 친구처럼 부르지 않은가.

이신의 뇌리에 어떤 사실이 섬광처럼 스쳐 지나갔다.

조아생 뮈라가 누구의 부하였단 말인가?

"혹시……."

"맞다."

채 말을 잇기도 전에 남자가 다 안다는 듯이 대답했다.

이신은 내심 감탄하여 중얼거렸다.

"나폴레옹."

그랬다.

눈에 보이는 저 사내가 바로 나폴레옹 보나파르트.

인류사 최고의 천재 전략가 중의 한 명으로 손꼽히는 인물.

식민지의 하급 관리 집안에서 태어나 순수한 자신의 힘만으로 황제가 된 남자.

그런 엄청난 거물급 영웅이 이신과 한자리에 있는 것이었다.

지금껏 만난 수많은 계약자 역시 하나같이 거물이었지만, 그 누구도 저 남자와 비견할 수 없었다.

[카이저.]

뇌리로 그레모리의 음성이 파고들었다.

마력으로 이신의 머릿속에 텔레파시를 보낸 것이었다.

[그는 서열 1위의 악마군주 아가레스의 계약자예요.]

'1위?'

[네. 아가레스로 하여금 악마군주 바알을 제치고 1위를 차지하게 했죠. 그 탓에 아가레스의 신임을 한 몸에 받고 있어요.]

최상위권에서는 서열의 변동이 쉽지 않다는 것을 어렵지 않게 알 수 있다.

서열전의 배팅은 최소 1만 최대 5만.

서열을 쭉 거슬러 올라가 최상위권에 이르면 악마군주들의 마력량은 최소한 수백만에 이를 터.

그런 엄청난 마력량을 가진 악마군주들이 5만씩 배팅해 가며 싸워봐야 쉽게 서열의 변동이 일어날 리 없었다.

즉, 나폴레옹은 수없이 싸워서 이긴 끝에 1위를 차지했다는 뜻이었다.

'어째서 이런 압박감이 풍기는지도 알겠군.'

최상위권에 있는 특성상, 나폴레옹이 서열전에서 만난 악마군주는 몇 없을 것이다.

한 악마군주에게 딱 한 번씩밖에 소원을 빌지 못한다.

그 말은 나폴레옹이 소원을 빌 기회가 극히 적다는 뜻. 하지만 수백만 마력을 가진 악마군주로부터 1%의 마력만 받아내도 수만이었다.

두세 번만 소원으로 마력을 받아내도, 최하위권 악마군주보다 많은 마력량을 지니는 것이다.

그렇게 따지고 보면, 서열 1위 악마군주의 계약자는 웬만한 최하위권의 악마군주보다 격이 높은 존재였다.

어째서 나폴레옹이 그레모리와 나란히 마주보는 위치에서 당당히 식사를 할 수 있는지 깨달았다.

나폴레옹은 그럴 자격이 있었다.

'그런데 왜 여길 찾아왔지?'

거기까지 생각이 미쳤을 때, 뜬금없이 얼마 전에 손에 넣은 사도가 떠올랐다.

'아!'

새롭게 사도로 임명한 오귀스트 마르몽.

어디서 그 이름을 들었나 했더니, 나폴레옹에 대한 역사책을 읽다가 그 이름을 본 것 같았다.

"오귀스트 마르몽 때문에 왔습니까?"

"그렇다."

나폴레옹은 순순히 수긍했다.

"휴먼을 고른 계약자가 많지 않아서 방심했더니, 설마 마르몽을 뺏길 줄은 몰랐어."

그러자 그 옆에 있던 한 남자가 말을 받았다.

"로베스피에르는 일찍 죽어서 마르몽을 잘 모르고, 뭐라는 오크를 골라서 마르몽을 사도로 둘 일이 없었지요, 폐하."

고개를 끄덕인 나폴레옹은 찬찬히 이신을 응시했다.

"마르몽을 알고 있었나?"

이신은 고개를 저었다.

"당신에 대한 역사책을 읽어보다가 언급된 이름을 본 게 전부였습니다."

"그럼 마르몽의 재능을 알아보고 사도로 선택했다는 것인데, 그걸 알아보다니 제법이군."

"감사합니다."

"곤란한데."

나폴레옹이 중얼거렸다.

"5명이 다 차서 사도로 임명하지 못했지만, 마르몽은 내가 서열전에서 반드시 소환하는 인물이야."

"하지만 이제는 제 사도입니다."

당연한 이야기였지만, 이신이 나폴레옹에게 저자세일 필요는 없었다.

어차피 노는 물이 달라서 아직 마주칠 일도 없다.

게다가 얼마나 거물이건 서열전에서는 '비교적' 공평한 상태에서 실력을 겨루게 된다.

이신이 나폴레옹에게 쩔쩔맬 이유는 없는 것이었다.

나폴레옹은 이신을 계속 주시하며 손가락으로 식탁을 툭툭 쳤다.

"어떡해야 자네가 마르몽을 포기하게 할 수 있을까?"

"포기하지 않을 겁니다."

투석기 부대를 지휘하는 마르몽의 솜씨를 이미 보았다.

이신은 마르몽을 포기할 생각이 없었다.

"3만."

"……?"

"3만 마력을 주지. 마르몽을 포기하고 다시는 소환하지 않겠다고 계약한다면 말이다."

3만 마력?

그게 일개 계약자가 주겠다고 쉽게 말할 수 있는 마력량이던가?

이신은 흘깃 그레모리를 바라보았다.

눈치가 빠른 그레모리가 텔레파시로 말했다.

[저자의 마력량은 저와 비슷한 수준이에요.]

'그게 정말입니까?'

[소원을 통해 손에 넣은 마력도 있고, 기본적으로 그는 악마군주 아가레스의 총애를 받고 있죠. 선물로 받은 광활한 영지에서

매년 상당한 마력을 수확해요.]

상당 기간 마계에서 지냈을 나폴레옹이었다.

그동안 영지가 가져다준 마력이 누적되어, 악마군주 그레모리에 비견될 수준에 이를 정도로 괴물이 되었다는 얘기였다.

이쯤 되면 그야말로 악마군주지, 더 이상 인간이 아니었다.

[하지만 그가 카이저를 함부로 핍박할 수 있는 것은 아니죠.]

그레모리가 단호하게 말했다.

[율법상 악마군주에게 서열전 이외의 분쟁이 허용되지 않습니다. 제가 보호하는 한 저자도 카이저를 해할 수 없습니다. 판단대로 결정하세요.]

'감사합니다.'

그녀의 말에 이신은 마음이 다소 든든해졌다.

"마음에 안 드나 보군?"

나폴레옹이 물었다.

"그럼 거기에 사도로 쓸 만한 인물을 하나 알려준다면 어떠냐?"

그는 이신을 상대로 협상을 하고 있었다.

이신은 그럴수록 마르몽을 포기하고 싶지 않아졌다.

"죄송합니다."

이신은 완곡히 거절했다.

나폴레옹은 그런 이신을 빤히 응시하다가 이내 나직이 투덜거렸다.

"날 배신한 마르몽이라 별로 아끼지도 않지만, 능력만은 쓸 만

했거든. 이번엔 배신은 아니지만 또 이렇게 내게서 등을 돌려 버리는군."

"죽고 나서도 못 믿을 놈입니다, 폐하."

곁에 있던 남자가 분기에 찬 목소리로 맞장구친다.

오귀스트 마르몽은 일개 하사관이었다가 나폴레옹의 눈에 들어 포병 장교로 교육을 받고 원수로까지 진급된 인물이었다.

그렇게 나폴레옹이 키워준 인물이었으나, 상황이 불리해지자 적과 비밀 협약을 맺고 배신했다.

그 일로 마르몽은 평생 비난을 받으며 살았다고 한다.

스스로를 소개하기 꺼려 했던 건 그 탓이었다.

어찌 되었든 나폴레옹은 마계로 와서 마르몽을 발견해 중용했던 모양이었다.

"내 제안은 앞으로도 유효하다. 잘 생각해 보도록."

그 말을 남긴 나폴레옹은 그레모리에게 양해를 구한 뒤 자리에서 일어섰다.

"이만 가보겠습니다."

"그러세요."

그렇게 나폴레옹과 사도들로 보이는 5인의 사내와 함께 떠나 버렸다.

짧은 만남이었음에도 이신은 한 차례 폭풍이 지나간 듯한 착각이 들었다.

그만큼 나폴레옹을 실제로 만났다는 사실이 인상 깊었다.

　　　　*　　　　　*　　　　　*

　"파격적인 제안인데 거절을 하다니, 폐하께서 마르몽을 중용
하시니 괜스레 더 탐이 난 모양입니다."

　5사도의 한 사람인 우디노가 화를 냈다.

　니콜라 우디노. 비록 우둔하나 용맹만큼은 전 유럽에 떨쳤던
사내였다.

　나폴레옹의 제일가는 충신으로, 지옥에 갈 사람도 아니었음에
도 생을 마감한 뒤 나폴레옹을 따라 마계로 와 사도가 된 특이
한 케이스였다.

　"아니야."

　나폴레옹은 고개를 저었다.

　"계약자로 간택될 정도면 자기 시대에서 한가락 하는 남자지.
내가 보기에는 실리적이고 계산에 밝아."

　"마르몽에게 그만한 가치가 있다고 판단한 것일까요?"

　이번에는 술트가 물었다.

　니콜라 장드듀 술트. 전략가적 역량은 부족하나 야전 전술가
로서는 나폴레옹의 극찬을 받을 정도의 인물이었다.

　그는 스페인 전선에 있을 때 어마어마한 약탈을 벌인 죄로 지
옥에서 형벌을 받다가 나폴레옹의 사도가 되었다.

　"그런 것도 있겠지."

　나폴레옹은 쓴웃음을 지으며 말을 이었다.

　"그리고 마르몽을 통해 내 전략을 알아낼 생각도 있겠지."

"핫, 폐하의 전략을 알아내서 흉내 낼 생각일까요?"

우디노가 피식 웃었다.

나폴레옹은 그런 우디노의 머리를 가볍게 툭툭 쳤다.

"자네는 뭘 본 건가."

"옛?"

"그는 나를 언젠가는 싸워야 할 상대로 보고 있었다."

나폴레옹은 미소를 지으며 그레모리의 계약자를 떠올렸다.

자신의 마력과 명성에 압도되었으면서도, 압도되지 않으려 노력했던 투쟁심. 그것은 매우 강한 승부욕이었다.

나폴레옹 또한 그런 사람이기에 그 마음을 곧바로 알아차릴 수 있었다.

"재미있겠어."

나폴레옹은 빙글거리며 웃었다.

그렇게 나폴레옹과 다섯 사도는 저무는 석양을 향해 사라졌다.

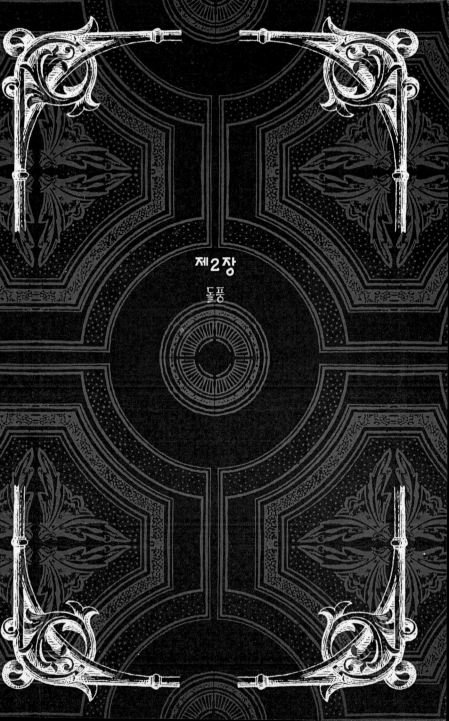

제2장

돌풍

마계에서 돌아와 정신을 차려 보니 선수 휴게실이었다.

손목시계를 확인해 보았다.

바쉐론 콘스탄틴의 우아한 황금 시곗바늘이 오후 3시를 가리키고 있었다.

'낮잠 자던 상태 그대로 돌아왔군.'

잠깐 눈 붙이다 마계로 불려갔었는데, 벌써 이 시간인 걸 보니 마계에서 돌아와서는 계속 잔 모양이었다.

밖을 나가 보니 열심히 훈련에 임하는 선수들이 보였다.

마치 PC방과도 같은 풍경이었지만, 그러기에는 선수들의 태도가 매우 치열했다. 그리고 한쪽에서는 유지나가 차이와 함께 촬영을 진행하고 있었다.

"그게 아니고요. 일단 일꾼 전부 드래그해서 농토로 보내고, 그중 3기를 또 드래그해서 다른 곳에 보내고, 또 그중 2기, 또 남은 1기. 이렇게 나누는 거예요. 보셨죠?"

"보긴 봤는데……."

"그럼 하실 수 있죠?"

"차이, 너 아까보다 약간 화난 것 같다?"

"아, 아니에요."

차이는 웃음을 터뜨리며 휘휘 손을 내저었다.

"화났는데… 나 지금 아빠한테 운전 배우던 느낌인데……."

"아니에요. 화 안 났어요."

유지나는 계속 짓궂게 차이를 괴롭혔다.

그런데 그때, 이신이 다가왔다.

"어떻게 되어가고 있죠?"

"어, 열심히 하고 있어요! 비켜봐, 이제 내가 해볼게!"

이신이 나오자마자 유지나의 태도가 돌변했다.

그녀는 다시 한 번 일꾼 나누기를 시도해 성공을 거두었다.

"됐다!"

뛸 듯이 기뻐하는 유지나.

그런데 이신이 말했다.

"지금 게임 속도가 4단계야?"

"어떻게 아셨어요?"

차이의 두 눈이 휘둥그레졌다.

게임 속도는 총 일곱 단계로 조절할 수 있다. 일반적으로 가장 빠른 7단계로 플레이하지만, 지금은 컨트롤이 미숙한 유지나를 위해 4단계까지 내렸다.

그걸 이신은 건설로봇이 움직이는 속도를 보고 한눈에 몇 단계인지까지 알아맞힌 것이었다.

"그냥 보면 알아."

게임에 관한 한 거의 귀신인 이신이었다.

"한 단계씩 높여서 적응시켜."

"네."

그로부터 무려 1시간이나 더 연습한 끝에, 유지나는 7단계 스피드로 일꾼 나누기를 성공했다.

그렇게 첫 촬영이 종료되었다.

"수고하셨습니다!"

유지나는 이신과 차이 및 모든 선수들에게 인사하고 다녔다.

어떤 선수보다도 연상인 그녀였지만 매우 예의가 발라 인상적이었다.

"힘들지는 않으셨습니까?"

이신은 손을 내밀어 악수를 제의하며 물었다.

"재미있었어요. 저 게임 좋아하거든요."

그녀는 마주 악수를 하며 답했다.

[진실.]

오랜만에 써먹은 거짓 탐지 능력.

게임에 대한 열정이 진심인 것을 확인하자 이신은 그녀가 마음에 들었다.

"앞으로도 잘해보죠."

"네!"

이신이 좀처럼 그런 격려를 하는 성격이 아님을 잘 아는 유지나는 아이처럼 좋아했다.

*   *   *

매우 실험적인 시도였던 e스포츠 예능.

과연 e스포츠팬뿐만 아니라 게임을 모르는 대중에게도 어필할 수 있을지가 관건이었다.

그래서일까.

이런 결과는 누구도 예상하지 못했다.

—e신과 함께 1회 시청률 6% 돌파

—'게임의 신' 이신의 첫 예능, 심상치 않은 돌풍 조짐

—e신과 함께 첫 방영부터 동시간 종편 1위, '이신 효과'

—새롭게 선보인 e스포츠 예능, 성공적인 출발

—"신선했다" 네티즌 호평 줄이어

그야말로 폭발적이었다.

종편 채널에서 방영된 예능이 시청률 6%를 돌파한 것은 정말돌풍이라 해도 과언이 아니었다.

하지만 무리도 아니었다. 대중은 게임은 잘 몰라도, 이신이 누

군지는 알고 있었다.

국제대회에서 한국을 빛낸 영웅이라는 위상도 있었고, 조각 같은 외모까지 더해져 누구나 e스포츠 하면 이신을 떠올리는 것이었다.

이신에 대한 그런 대중의 호감이 고스란히 시청률로 이어진 것이다.

"유지나랑 이신이랑 나와서 게임하는 거, 그거 봤어?"

"이신 대박 잘생겼더라."

"캬, 이신 형님! 그냥 존재 자체가 간지더라."

"폭풍 카리스마!"

"인간적으로 박영호랑 한 대결, 완전 개간지 아니냐?"

"무슨 놈의 예능에서 역대급 명경기가 나오냐."

"박영호 요즘 좀 부진인가 싶었는데, 야~! 역시 살아 있더라, 철벽 괴물."

"아니 경기력은 그렇다 치고, 걔 진짜 왜 이렇게 웃기냐?"

방송은 젊은 층을 완전히 사로잡았다.

특히나 이신 대 박영호의 대결을 PD들이 자막까지 입혀 일반인도 알기 쉽게 상황 설명을 해놓았다.

그렇기 때문에 긴박한 게임의 상황이 명쾌하게 전달되어서 일반 프로 경기보다 반응이 더 좋았다. 두고두고 회자된 명경기가 되었음은 물론이었다.

한편, 첫 방영의 가장 큰 수혜자는 뜬금없게도 박영호였다.

개그맨처럼 생긴 것이 시종일관 드립을 치며 웃기더니, 한국

e스포츠의 국민 영웅 이신과 대결을 펼쳐 미칠 듯한 포스를 보여주었다.

자신의 모든 것을 쏟아 붓고도 패배해 분함을 느끼는 모습에서는 짠한 애수를 느끼게 했다.

그런 반전 매력이 시청자들에게 인상 깊게 각인된 것이었다.

그리고…….

"신 님! 신 님!"

지수민이 깡충깡충 뛰며 제집처럼 연습실에 뛰어 들어왔다.

하도 자주 벌어지는 풍경이라 이제 다들 그러려니 했다.

"뭡니까?"

"대박 터졌어요!"

"알고 있습니다."

"아뇨, 예능 말고요. 경기요!"

"박영호랑 한 게임 말씀입니까?"

"네! 곧 있으면 월말이니까 신 님께도 입금될 거예요."

"……?"

의아해하는 이신에게 지수민이 자세히 설명해 주었다.

이야기를 들어 보니 지수민은 과연 타고난 사업가였다.

올도어는 이신 대 박영호의 대결 리플레이 풀 영상을 따로 고용한 해설진의 해설까지 입혀서 유료로 1,200원에 판매했다.

예능 1회에 방영된 것은 일부 영상만 편집된 탓에 풀 영상을 찾는 팬이 매우 많다는 점을 미리 예측한 것이었다. 거기다가 영어·중국어 자막까지 입혀서 해외 팬들까지 타깃으로 노렸다.

그 결과, 구매 횟수는 무려 120만 명!

"지금도 계속 아시아를 중심으로 세계 팬들이 마구 구매하고 있다고요!"

"그래서 제게 떨어지는 금액이 얼마입니까?"

"일단 이달 말일에 정산되는 금액은, 어디 보자……."

스마트폰을 뒤적거려 본 그녀가 재차 말했다.

"대략 3억 정도요."

"예?"

이신은 순간 잘못 들었나 했다.

"3억?!"

옆에서 같이 듣던 최환열도 놀라 벌떡 일어났다.

주디, 존, 차이 등 금수저 3인방은 담담했지만, 연습하던 다른 선수들은 크게 동요했다.

"3억이래."

"우와, 미친……."

"게임 한 방에?"

"완전 쩐다."

"내가 선수 생활 평생 그 돈을 벌 수 있을까……."

모두들 부러움과 열망이 가득한 눈으로 이신을 바라보았다.

이신은 고개를 갸웃거렸다.

"정산이 어떻게 되는 겁니까?"

"일단 총 매출의 30%는 서비스를 제공한 저희 올도어가 가져가고, 30%는 협회가 저작권료로 가져가요. 그리고 나머지 40%

는 게임을 한 두 선수 측에 정산되는데, 신 님은 저희와 계약한 사항이 있기 때문에 이걸 고스란히 가지시는 거죠."

돈방석에 앉게 해준다더니, 과연 지수민은 그 약속을 지켰다.

이런 식의 정산 시스템이면 정말 전 세계에 팬을 보유한 이신은 돈방석에 앉는다!

"박영호는?"

"기존 방식으로 계약을 했으니 소속 팀이 먹겠죠."

어찌 보면 박영호로서는 굉장히 억울한 일이 될 수 있었다.

하지만 이 엄청난 매출은 이신이었기에 가능한 일이라, 마냥 억울한 수만도 없는 일.

게다가 박영호의 기분이 상하지 않게 하기 위해, 소속 팀인 JKT가 정산금을 일부라도 따로 줄 터였다.

지수민은 신이 난 목소리로 계속 말했다.

"자막 언어도 계속 추가할 거예요. 불어, 스페인어, 포르투갈어, 일본어, 아주 신 님 팬 없는 나라가 없다니까! 꺄하하! 다 돈이에요, 돈!"

그렇게 좋아할 만도 했다.

올도어 재벌가의 막나가던 둘째 딸 지수민이 연타석 홈런을 때린 것이었다.

앞으로 수많은 스타 프로게이머의 경기를 특별 상품으로 판매하는 전략을 펼친다면 매출이 크게 증대될 터였다.

"정말 뭘 해도 되는 놈이구나."

최환열은 그런 이신을 부럽다는 듯이 쳐다보았다.

유료 결재 숫자가 120만이라니. 전 세계에 팬을 거느린 이신이 아니고서는 불가능한 엄청난 수치였다.

                    *   *   *

　무언가 심히 달라졌다.

　"오빠!"

　"사인 좀 해주세요!"

　여고생들이 우르르 몰려와서 사인을 받아갔다.

　여대생 정도로 보이는 키 크고 예쁘장한 여자도 조심히 다가와 허락을 구하더니, 찰싹 붙어서 셀카를 찍고 좋아했다.

　"형, 저도 사진 좀……."

　"안 돼요."

　"아, 너무하시네!"

　"남자는 양심적으로 사인만 받아가요. 인정?"

　"아 놔, 오케이."

　머리가 밤송이 같은 고딩 하나가 사인을 받아갔다.

　그 뒤로도 남녀 차별이 매우 뚜렷한 팬서비스 행태가 계속되었다.

　"오빠, 잘생겼어요!"

　"응, 뻥치지 마."

　"깔깔깔! 뻥치지 말래."

　"대박 웃겨."

깔깔거리는 여중생들.

'내게도 이런 일이 생기다니!'

감격스러웠다.

박영호는 인생의 신세계를 느꼈다.

본래 자신에게 모여드는 팬이란 것들은 전부 남자였어야 했다.

여성 팬? 그런 건 판타지 소설에나 나오는 환수였을 뿐이었다.

그런데 이 여성 팬들은 뭐란 말인가?

자신이 이신도 아닌데 여성들이 다가와서 사인을 해달라고 하다니!

박영호는 너무나 감격해서 눈물이 날 것 같았다.

'예능 출연하길 정말 잘했다.'

단지 1회만 출연하는 게스트였을 뿐이지만, 박태호 PD와 다시 이야기를 했다.

그냥 쭉 고정 멤버로 지창수의 스승 역할을 하자는 것이었다.

박영호는 당연히 승낙했다.

어차피 프리 시즌 동안 할 일도 없던 차에 잘된 셈이었다.

'예능 때문에 연습 시간이 줄어들면 안 되니까 조심해야지.'

다행히 e스포츠 리얼 버라이어티라는 신개념의 예능이라 촬영을 하면서도 훈련도 할 수 있고 일석이조.

'내 반드시 이번에는 연애를 하고 말리라!'

태어나 살아온 시간과 솔로였던 시간이 완벽히 일치하는 박영호. 그가 예능에 불타오르고 있었다.

더욱 좋은 소식은 그날 JKT의 단장이 부르면서였다.

"오늘 내로 2억 원이 입금될 겁니다."

"예?"

박영호는 자신의 귀를 의심했다.

JKT는 이신 대 박영호의 대결 영상이 유료로 판매되어 어마어마한 매출을 기록했다는 사실을 알려주었다.

"본래 그 수익은 팀에 귀속되는 겁니다. 선수들에게 지급되는 연봉에 그런 수익도 감안된 것이니까요."

"그런데……."

"이번 수익은 예상치 못했던 수익이고, 같이 게임을 펼친 올도어 SCC의 이신 선수는 어마어마한 정산을 받았다 하니 저희도 박영호 선수에게 따로 챙겨드리지 않을 수가 없었습니다. 막말로 이신은 크게 챙겼는데 박영호 선수는 한 푼도 못 챙겼다고 이야기가 되어 버리면 곤란하잖습니까."

"그건 그렇죠."

박영호는 고개를 끄덕였다. 그러면 아주 열 받아서 속이 터질 것이다.

"올도어SCC의 선수들은 기본 연봉이 낮은 대신 유료 결재 수익을 따로 챙길 수 있는 계약을 했던 모양입니다. 인지도 없는 선수에게는 불리한데, 이신 같은 스타는 거액을 챙길 수 있죠."

"진짜 많이 달라졌네요."

"박영호 선수도 저희와 재계약을 할 때는 높은 연봉이냐 유료 수익을 따로 챙기는 모험이냐 둘 중 하나를 선택하게 될 겁니다."

박영호는 업계가 급격히 변하고 있다는 것을 느꼈다.

"물론 이번 같은 수익은 이신과 한 게임이기에 발생한 겁니다. 아시죠?"

"아, 네."

이신이 아니었으면 유료 결재 120만 명이라는 수치가 나올 수가 없었던 것이다.

"그리고 박영호 선수에게 각종 광고 제의가 많이 들어오고 있습니다."

"지, 진짜요?"

"축하드립니다. 앞으로 돈을 굉장히 많이 버시겠군요."

박영호의 귓가에 천국의 종소리가 뎅뎅 울려 퍼지고 있었다.

*　　　　*　　　　*

박태호 PD는 정신을 차릴 수가 없었다.

사방팔방에서 출연시켜 달라는 연예인 소속사들이 연락해 왔기 때문이었다.

스페이스 크래프트가 평소 취미였던 스타들이 이렇게 많을 줄은 몰랐다.

어디 그뿐인가.

e스포츠 프로 팀들은 더 심했다.

모든 프로 팀에서 자기 팀 에이스를 내세우며 게스트로 출연시켜 달라고 요구해 왔다.

이신과 박영호가 터뜨린 대박 때문이었다.

게임 한 판에 3억씩 챙겨갔다.

심지어 그건 이제 시작일 뿐. 입소문이 전 세계 e스포츠계에 퍼지면서, 해외 팬들이 수없이 결재를 해대고 있었다.

열풍이 불면서 국내 팬들의 결재도 많아졌다.

이신은 앞으로 10억은 더 챙길 수 있을 거라는 예측이 나왔다.

박영호는 이신의 인기에 편승했다고 할 수 있었다.

물론 박영호가 어마어마한 경기력으로 응수해 명승부를 만들었기에 나온 결과였지만 말이다.

아무튼 그런 대박을 터뜨렸으니, 내로라하는 프로게이머들이 관심이 안 갈 리 없었다.

"우리 팀의 영준이 아시죠? 광기신족이요. 영준이도 이신 선수를 상대로 그만큼 명경기 만들 수 있습니다."

"왜 이런 이벤트에 황병철은 못 내보내는 겁니까? 막말로 우리 병철이야말로 원조 라이벌 아닙니까?"

"신지호는 이신과 결승전까지 갔습니다! 한 번 만회할 기회를 줘도 되는 것 아닙니까?"

각 팀에서 자기 선수를 내세우면서 주장하는 공통점은, 이신과 매치를 붙여달라는 것.

그래야 해외 팬이 결재를 해서 엄청난 매출을 기록할 수 있기 때문이었다.

'아니, 아무런 스토리의 맥락도 없이 출연이 가능하겠냐고!'

박태호 PD는 즐거운 비명을 질러야 했다.

*   *   *

주말이 되자 어김없이 Player_SIN이 개인방송을 켰다.

—내가 |빠!
—왜 이렇게 늦게 켰어? 맞고 싶냐?
—이거 이신 방송 맞나요?
—ㅇㅇ맞습니다.
—BJ놈 점점 방송 빈도가 줄고 있다.
—신 오빠 귀찮아도 일주일에 한 번씩은 개인방송을 켜주세요.ㅠㅠ
—일주일에 한 번씩 방송은 합니다. 방송 시간이 점점 줄어들고 있을 뿐…….

캠이 실행되자 방송 화면에 가면을 쓴 한 남자가 나타났다.
꾸벅.
가면을 쓴 남자는 그저 말없이 인사한 뒤, 곧바로 게임을 실행했다.

—말을 해, 이 자식아.
—이젠 말하기도 귀찮다 이거냐?
—신이시여, 최소한 인사는 좀 해주시옵소서…….

―요 BJ놈 타고난 갑 근성 보소ㄷㄷ

그런데 웬일인지 시청자가 뭐라고 해도 부동심이었던 Player_
SIN이 채팅창을 보더니, 당황한 듯 머리를 긁적였다.
그러고는,
"아, 안녕하세요."
음성 변조된 목소리로 인사를 했다.
누가 봐도 한국이라고 하기에는 어색한 억양이었다.
이신이 저렇게 말을 더듬는다고는 누구도 상상할 수 없었다.
시청자 채팅창은 거의 폭동이 일어났다.

―ㅋㅋㅋㅋㅋㅋㅋㅋㅋㅋㅋ
―누구야 쟨ㅋㅋㅋㅋ
―너 존이야 차이야? 이신 안 데려와?
―오빠는 어딜 가고-_-;;;
―야 이 자식아! 신 데려와!
―이놈, 네 억양에서 캐나다 냄새가 난다?
―딱 말해. 태국이야 캐나다야?
―ㅋㅋㅋㅋㅋ미치겠네. 쟤 존입니다. 차이는 한국말 저것보다 잘해요.

"저 한국인 맞아요. 존 아니에요……"
가면을 쓴 남자가 더듬더듬 거짓말을 했다.

—한국말이나 똑바로 하고 그런 소릴 하라고!

—신 이놈, 이제 귀찮아서 제자 내보내네.ㅋㅋㅋㅋ

격렬한 시청자들의 반발을 무릅쓰고 Player_SIN, 아니 존은 방송을 강행했다.

"이, 일단 게임을 할게요."

온라인 모드로 접속하자 방송을 보고 있던 유저들 중 상당수가 그에게 귓속말을 보냈다.

"랭킹전으로 할 겁니다. 등급 되시는 분만 대전 신청해 주세요."

존이 접속한 Player_SIN의 아이디는 S등급. 현역 1군 선수의 서브 아이디가 아니면 가능한 등급이 아니었다.

시청자 채팅창이 'ㅋㅋㅋㅋㅋㅋ'로 도배되었다.

가끔 한 판만 해주면 안 되냐고 게임 구걸이 들어왔다.

—얌마, 캐나다. 너 그 아이디로 게임했다가 져서 점수 까먹는 것 아니냐?

—그 아이디 등급 까먹으면 혼난다.

—인마, 그냥 니 아이디 써!

—어딜 감히 신성한 Player_SIN 아이디를! ㅂㄷㅂㄷ

S등급끼리 펼치는 랭킹전은 당연하게도 각 팀의 1군 선수들뿐이었다. 물론 온라인에서 게임 하다가 지면 자존심이 상하기 때

문에 다들 서브 아이디를 따로 만들어서 사용하곤 했다.

그 각 팀 1군들의 서브 아이디가 우글거리는 곳이 바로 S등급이었다.

—S등급 riders 님께서 대전 신청을 하셨습니다.

—S등급 runners_High 님께서 대전 신청을 하셨습니다.

—S등급······.

Player_SIN이 이신이라는 것은 이미 만천하가 다 아는 이야기.

S등급 유저들의 대전 신청이 빗발치기 시작했다.

이신과 붙어 보면 지더라도 좋은 경험이 되기 때문이었다.

—ㅎㄷㄷㄷ S등급 괴수들이 눈에 불을 켜고 몰려든다.

—쟤네들 다 다른 팀 I군들 서브 아이디임.

—이신이랑 한 번 해보겠다는 거지.

—야 이 캐나다 금수저 자식아! 그 신성한 아이디에 스크래치 내지 마라!!

—이신 데려오라고!

존은 대전 신청을 한 유저들을 쭉 살펴보다가 괴물 플레이어를 골라서 신청을 받아들였다.

그런데 그때였다.

"존, 밥 먹어!"

어색한 한국말의 여자 목소리가 거실 쪽에서 들려왔다.
당황한 존은 밖으로 뛰쳐나가 소리쳤다.
"방송 중이라고 했잖아!"
"아 참……."
한국말에 익숙해지기 위해 영어를 쓰지 않는 레벨린 남매.
시청자들의 웃음이 폭발했다.

—검거 완료
—응. 다음 이신 제자들.
—존, 누나가 밥했다♡
—ㅋㅋㅋㅋㅋㅋㅋ
—이제 들통 났으니까 가면 좀 벗어라!
—이거 증거임!

급히 돌아온 존은 머리를 긁적이며 말했다.
"저기, 개인 사정상 방송을 중단해야겠는데……."

—?
—???
—이거 뭐임??
—?????
—지금 시청자 우롱?
—이제 방송 켜놓고 지금 게임 한 판 안 하고 중단하겠다고?

—너 때문에 나 오늘부터 이신 안티 한다?

시청자들의 물음표 행렬이 바다처럼 밀려왔다.
"잠깐 식사 좀 먹고 다시 방송을 켜면……."
존이 쩔쩔매며 시청자들을 달랠 때였다.

—신의여자 님께서 별사탕 1만 개를 선물하셨습니다.
—오
—오오
—55555
—헐;;;;
—지수민 부사장 등장;;;;
—신의여자 : 다 셔럽!

이윽고 '신의여자'는 존에게 말했다.

—신의여자 : 캠으로 식탁만 비추고 먹방ㄱㄱ
—이년 너 지금 업무 시간 아니냐?
—올도어 부사장 업무 중에 파프리카에서 논다
—이신교 교주ㄷㄷ

결국 존은 지수민의 조언에 따라 식사를 방 안에다가 차리고 서 캠으로 식탁만 비춘 뒤에 먹방을 해야 했다.

그날 방송은 그야말로 난장판.

사람은 보이지 않고 식탁만 비추는 이상한 먹방에 시청자들의 욕설이 쏟아졌다.

원래 이곳 시청자들이 과격하다는 것을 모르는 존은 시종일관 쩔쩔매는 바람에 모두를 즐겁게 했다.

하지만 이신이 나오지 않았음에도 그날 시청자 접속률은 파프리카TV 1위를 기록했다.

이는 예능 프로그램 'e신과 함께'가 대박을 친 영향이었다.

방송을 보고 이신에게 관심이 생긴 사람들이 소문을 듣고 파프리카TV에 접속한 것이다.

'다신 안 해야지.'

파프리카TV 시청자의 과격성을 체험한 존은 이신이 또 시켜도 절대 안 하겠다고 결심했다.

이런 짓은 웬만한 멘탈이 아니면 할 수 있는 일이 아니라고 존은 생각했다.

그날 주요 포털사이트의 검색어 순위에 'Player_SIN 검거', '레벨린 남매' 등이 등재되었다는 사실을 본인은 전혀 알지 못했다.

어쨌거나, 이신을 중심으로 e스포츠 바람이 불자 올도어SCC의 후원사가 되고 싶다는 기업 문의가 늘어났다.

그리고 얼마 안 있어서 올도어SCC는 중대 발표를 했다.

글로벌 스포츠기업 아레스와 스폰서 계약을 맺었다는 보도였다.

아레스는 후원금과 함께 팀의 유니폼도 직접 디자인해 제공해 주었고, 올도어SCC는 아레스의 기업 광고에 협조하기로 했다.

CF에 출연할 대상자로, 아레스는 당연하게도 이신을 지목했다.

바야흐로 올도어SCC를 중심으로 한국 e스포츠에 돌풍이 불고 있었다.

제 3 장

빌드

각 포털사이트의 검색어 순위에 새로 등장한 것이 있었다.

아레스 CF.

이신 CF.

그랬다.

이신은 팀을 후원한 아레스를 위해 CF에 출연했다.

아레스의 기업 광고 모델은 아무나 찍지 못한다. 아레스는 언제나 세계적인 스포츠 선수만을 광고 모델로 세운다. 그런 CF의 모델로 이신이 출연한 것이었다.

CF 영상은 피아노를 치듯이 현란하게 키보드를 치는 이신의 왼손으로 시작된다.

평균 APM이 600에 이르는 이신의 엄청난 속도가 유감없이 발휘되었다. 거기에 한곳에 가만히 있지 않고 쉴 새 없이 바뀌는 이신의 개인 화면이 나왔다.

일반인은 눈으로 따라갈 수조차 없는, 현기증이 날 것 같은 멀티태스킹!

e스포츠의 전설로 기억되는 유명한 슈퍼 플레이의 순간들.

환호하는 경기장의 관중과 그리고 외부의 소리가 전부 차단된 부스 안의 고독한 이신이 교차된다.

─승부의 순간, 나는 혼자다.

계속해서 이신의 신화가 이룩되었던 짜릿한 순간들이 계속해서 나온다.

고속전차가 전후좌우로 지뢰를 매설해 거신병기들을 몰살시키는 장면.

디펜시브 실드에 걸린 지뢰가 적 병력을 잡아먹는 장면.

그리고 전투 순간에 더욱 더 빨라지는 이신의 손놀림.

─누구도 나에게 승리를 가져다주지 않는다.

그리고 전 세트 무패 금메달을 달성한 순간, 일제히 기립 박수를 치는 세계 관객들의 모습이 잡혔다.

─하지만 승리의 순간, 나는 혼자가 아니다.

금메달을 손에 쥐고 보기 드물게 웃는, 어린 시절의 이신이 나왔다.

─아레스.

화제가 된 이유는 이신이 출연한 보기 드문 광고였기 때문.

물론 전부 얻을 수 있는 과거의 영상으로 짜깁기된 것이지만,

내레이션은 분명 이신의 목소리였다.

이신교 광신도들은 목소리가 감미롭다고 마냥 칭송했고 네티즌들은 목소리만이나마 이신이 CF에 출연하다니, 그의 귀차니즘을 생각하면 이례적이라고 우스갯소리를 했다.

아무튼 처음에는 한국에만 방영되는 6개월짜리 CF로, 10억 원을 받았다.

어마어마한 액수였지만 이것도 직접 출연이 아닌 짜깁기 영상이라 단가가 낮아진 것이었다.

그런데 곧 미국에 있는 아레스 본사에서 연락이 왔다.

그 CF를 전 세계에 내보내겠다는 것이었다.

영상이 너무나도 훌륭해서 화제가 되었기 때문.

전 세계 e스포츠의 팬들이 그 CF를 호평한 것이 아레스 본사를 움직였다.

결국 이신의 출연료는 32억으로 치솟았다. 내레이션 녹음 말고는 한 것도 없이 한 방에 벌어들인 수익이었다.

점점 기하급수적으로 증식되는 이신의 재산!

파프리카TV로 벌어들이는 돈도 1개월에 3억 규모였고, 박영호와 치른 게임의 유료 결재 수익은 9억을 더 정산 받았다.

재산 규모가 삽시간에 70억대로 치솟았다.

딱히 돈을 좋아하지는 않지만 싫어할 이유도 없는 이신.

"팀 연습실 근처로 이사 갈까."

이신의 말에 차이는 고개를 끄덕였다.

"네, 좋아요."

"우리도 같이 살 수 있는 큰 집이었으면 좋겠어요."

주디도 말했다.

존도 지당하다는 듯이 고개를 끄덕인다. 레벨린 남매는 차이만 이신과 같이 동거하는 부분에 대해 불만이 있었다.

이 해외파 금수저 3인방은 큰 집을 사자고 주장하는 데 아무런 부담도 느끼지 못했다.

어려서 철이 없다기보다는 태어나서 지금껏 살면서 한 번도 그 정도 규모의 금액 때문에 고민해 본 적이 없었기 때문이었다.

그리고 이신도 자기들과 같은 수준이라고 여기기 때문이기도 했다.

"알아봐야겠군."

이신은 인터넷 검색으로 올도어 본사가 있는 분당 쪽 부동산에 전화를 걸었다.

─어떤 것을 찾으십니까?

"넓을수록 좋고 올도어 본사랑 가까울수록 좋습니다."

─월세인지 전세인지 아니면…….

"살 겁니다. 빠를수록 좋습니다."

─예, 마침 그런 큰 집은 매물이 많습니다. 언제쯤 보러 오실 수 있으신지…….

"내일 오전 8시."

─그렇게 이른 시간에요?

"출근 전에 집 보고 계약하고 퇴근하고 바로 이사하면 좋겠습니다."

—헉!

"싫으면 딴 데를 알아······."

—가능합니다!

부동산 중개업자가 냉큼 대답했다.

다음 날, 이신은 제자들과 함께 이른 아침부터 분당으로 갔다.

부동산 중개업자인 반백의 중년인은 롤스로이스 팬텀을 타고 나타난 이신 일행을 보고 깜짝 놀랐다.

"이신 선수이셨습니까?"

"예."

"허허, 어쩐지 말투가······."

"제 말투?"

"아, 아무것도 아닙니다!"

결코 좋은 이야기가 아니었기에 중개업자는 즉시 입을 닫았다.

"일단 가장 가까운 곳부터 둘러보시죠. 아파트 32층이라 전망이 아주 좋은 곳입니다."

"예."

처음 확인한 매물은 전용면적이 62평이나 되는 아파트였다.

방 5개에 화장실 2개.

28평에 방 3개짜리 전셋집에서 살던 이신은 그 널찍한 규모에 만족감을 느꼈다.

"아실지 모르겠지만 새로 지어진 지 몇 년 되지 않은 곳이라

시설도 아주 좋습니다."

"나쁘지 않네요."

차이가 말했다.

"그럭저럭 넷이서 살 수는 있을 것 같아요."

주디가 말했다.

"좁지 않아서 좀 낫네요. 마음에 들어요."

존도 한마디 했다.

이신도 고개를 끄덕였다.

"있을 게 다 있어서 마음에 드는군."

에어컨, 붙박이장, 식탁, 신발장, 식기세척기, 가스레인지, 전자레인지, 오븐 등이 모두 있어서 즉시 이사해서 살 수 있을 것 같았다.

부동산 중개업자는 기가 막혔다. 이런 좋은 매물을 보고도 겨우 반응이 저 정도라니.

"얼마입니까?"

"여긴 15억에 내놓았는데……"

"계약하죠."

"헉!"

"오늘 바로 계약하고 입주하겠습니다."

"주, 주인 분한테도 연락을 해보고……"

"지금 해보십시오. 안 된다면 다른 매물 보죠."

"예!"

이신의 페이스에 말려든 부동산 중개업자는 스마트폰을 터치

하는 손놀림이 다급해졌다.

"사장님, 오늘 안 되면 다른 매물 보신다고 하시는데… 예? 예, 알겠습니다."

중개업자가 곤란한 얼굴로 이신에게 말했다.

"저녁은 되어야 시간이 나신다는데……"

"다른 매물 보죠."

"헉, 아, 알겠습니다."

다른 매물로 이동하면서 부동산 중개업자는 집주인에게 다시 전화를 해보았다.

그러고는 반색을 하고 말했다.

"지금 당장 오겠다고 하시네요. 바로 계약하실 수 있을 것 같습니다."

"잘됐군요."

결국 이신은 연습실 출근 시간인 9시가 되기 전에 계약을 마칠 수 있었다.

모바일 뱅킹으로 즉석에서 이체를 하려던 이신은 눈살을 찌푸렸다. 이체 한도가 걸려서 15억을 바로 지불할 수 없었던 것이다.

짜증이 난 이신에게 집주인 사내가 황급히 말했다.

"이번 주 이내로 입금만 해주시면 되니까 일단 일부만 지불해 주시죠. 다른 사람도 아니고 그 유명한 이신 선수이신데 설마 문제야 있겠습니까?"

"배려에 감사합니다."

결국 계약을 하고, 일단은 일일 이체 한도인 5억만 송금해 주었다.

오늘도 어김없이 유지나와 촬영 팀이 와 있었다.

"안녕하세요!"

유지나가 활짝 웃으며 인사했다.

이신은 그녀를 슥 보더니, 존에게 지시했다.

"괴물전 기본 빌드 가르쳐 주면서 단축키 전부 외우게 해."

"네."

이번에는 존을 방송에 출연시켜서 띄울 생각인 이신이었다.

그런데 박태호 PD가 다가와 조심스럽게 말했다.

"저기, 이신 선수."

"뭡니까?"

"오늘은 직접 지도해 주시면 안 되겠습니까? 방송의 메인이 이신 선수인데 출연 비중이 적으면……."

"……."

생각해 보니 그도 그랬다.

결국 이신은 직접 유지나를 가르쳐야 했다.

"일단 지창수 씨와 어떤 맵에서 대결을 할지를 먼저 정해야 합니다. 맵에 따라서 빌드 오더와 전략도 천차만별로 달라지기 때문입니다."

"아, 그럼 전화를 해볼게요."

유지나는 지창수에게 전화를 걸었다.

지창수 측도 지금 박영호와 함께 촬영을 하고 있었기 때문에 바로 통화가 되었다.

통화를 하고 난 유지나가 이신에게 말했다.

"3판 2선으로 해서 오염된 성좌, 유혈의 능선, 불모지가 어떠냐고 하는데요?"

이신은 잠시 할 말을 잃었다.

전부 다 괴물에게 심히 유리한 맵이었던 것이다.

이신은 유지나에게 다시 전화를 해보라고 했다.

"저기, 전화보다 화상채팅이 어떤가요? 그 편이 더 그림이 잘 나올 것 같습니다."

박태호 PD가 불쑥 끼어들어 제안했다.

이신은 고개를 끄덕였다.

결국 인터넷 화상 채팅으로 지창수와 연결이 되었다.

상대측 영상에 지창수와 박영호가 나왔다.

이신은 박영호를 보며 말했다.

"박영호."

―네, 형. 안녕하셨어요?

"돌았냐?"

―헐, 대뜸 독설 보소.

"전부 다 괴물 맵을 하면 얘기가 안 되지. 안 그래도 실력 차이도 많이 나는데, 적당히 조정이 되지 않으면 게임을 해도 재미가 없어."

―그럼 어떻게 할까요?

"밸런스 좋은 맵 2개, 인류 맵 하나."

—거기에 인류 맵을 왜 껴요?

"실력 차가 많이 나잖아."

—에이, 그래도 승부는 공평해야죠.

박영호는 어림없다는 듯이 손을 설레설레 저었다. 그 옆에서 지창수도 고개를 끄덕이고 있었다.

곰곰이 뭔가를 생각하며 박영호를 응시하던 이신이 문득 뭔가를 떠올렸다.

"형."

"왜?"

이신은 최환열에게 물었다.

"전에 설희 씨가 영호한테 소개팅해 준다고 했었지?"

"아, 응. 그래서 영호가 설희 개인방송에 출연해 주기로 했어. 소개팅을 콘텐츠로. 재미있겠지?"

"그거 해주지 말라 그래."

"엥?"

—그런 게 어디 있어!

영상 너머로 박영호가 격하게 반응했다.

최환열이 곤란하다는 듯이 말했다.

"에이, 그래도 설희도 재미있는 콘텐츠라고 기대 많이 하고 있던데……."

—맞아맞아! 내가 출연 안 하면 그쪽도 손해라고!

배짱을 부리는 박영호.

이신이 나직이 말했다.

"내가 출연해 준다고 그래."

"오케이!"

최환열은 격렬하게 승낙하고는 곧장 유설희에게 전화를 걸었다.

—어? 어어??

박영호의 멍청한 표정이 영상에 보여 웃음을 자아냈다.

이윽고 스피커폰으로 유설희의 목소리가 크게 들렸다.

—완전 좋지!

그러자 박영호가 다급하게 말했다

—알았어요, 알았어! 인류 맵 하나 하죠!

—자, 잠깐만요, 스승님?

지창수가 기가 막힌다는 듯이 박영호에게 제지를 걸었다.

—저기 스승님, 제 스승님이신데 이러시면…….

—아, 놔 봐요! 지금 내 소개팅이 달렸다고!

—아니, 지금 제 스승님이신데 고작 소개팅 때문에……!

—고작? 댁이 솔로의 심정을 알아?! 비켜! 이신 형, 피의 권좌 하나 넣죠, 그럼 됐죠?

"좋아. 1세트 투지, 2세트 피의 권좌, 3세트 공허한 대지."

—오케이.

—아니, 이러는 법이 어디 있어!

억울해하는 지창수를 뒤로하고 이신은 화상채팅을 종료했다.

그러고는 유지나에게 말했다.

"피의 권좌는 빌드 오더만 잘 소화하면 무난하게 이길 수 있는 맵입니다. 문제는 1세트 투지인데, 여기는 밸런스가 좋아서 오직 실력에 의해 승패가 갈립니다."

"아……."

"여기서 이기려면 깜짝 전략을 써야 하는데, 웬만한 깜짝 전략은 박영호가 다 알고 있어요."

"그럼 어떻게 해야 하죠?"

이신이 말했다.

"한 번도 나온 적 없었던 전략을 하나 만들고 있는 중입니다. 그걸로 이기고, 2세트 피의 권좌에서 무난히 이기면 2승으로 우리가 이깁니다."

새로운 전략이 공식 경기도 아닌 예능에서 등장하려 하고 있었다.

총 10회로 기획된 방송은 흥행을 이어나갔다.

곧 시작될 2021년 프로리그를 앞두고 팬들에게 기대감을 심어주는 방송이 되기에 충분했다.

시청자들이 무엇보다도 좋아한 것은 이신의 평소 일상에 대해 알게 된 점이었다.

"재미있는 거 보여드릴까요?"

오늘의 일일 선생님인 주디가 웃으며 물었다.

"뭔데요?"

유지나가 관심을 갖자, 주디는 문득 옆자리에서 무언가를 골똘히 궁리 중이던 이신에게 말을 건넸다.

"감독님!"

"왜?"

"이거 일꾼 숫자 몇 명이게요?"

주디는 화면을 가리키며 퀴즈를 던졌다.

화면은 본진에서 자원을 채집하는 건설로봇이 득시글거렸다.

이신은 그것을 슥 보더니 바로 말했다.

"열여덟."

세어 보니 정말로 18기였다.

눈대중으로 견적 내는 데는 거의 득도한 상태인 이신. 하지만 유지나는 깜짝 놀라서 눈을 동그랗게 떴다.

"어머나, 저걸 어떻게 한눈에 아는 거죠?"

"틈나는 대로 캡처한 사진 가지고 숫자 맞히는 연습을 한 겁니다."

최환열이 알려주었다.

"그땐 얘가 미쳤나 싶었는데, 나중에는 정말로 그냥 한눈에 다 맞히더라고요."

"어머, 진짜 대단하시네요."

"게임에 미친 거죠."

뭐라고 말하거나 말거나 이신은 관심을 끄고 다시 자기 볼일을 봤다.

놀란 건 시청자들도 마찬가지.

—정말 신인가;;;;;
—얼마나 게임을 하면 저렇게 되나요?

—저렇게 될 정도로 게임을 하면 죽습니다.

—게임만 따지면 거의 초능력자네;;;

—저쯤 되면 그냥 뇌 구조가 스페이스 크래프트로 바뀐 게 아닐까?

—보았느냐? 신이 존재함을 믿어 의심치 말지어다.

아무튼 이런저런 에피소드가 더해지면서 방송은 종영을 향해 달려갔다.

이신은 유지나를 통해 실험할 빌드 오더를 점점 완성시켜 나갔다.

그리고 마침내 마지막 날이 다가왔다.

온라인에서 유지나와 지창수가 붙어서 승부를 내고, 뒤이어 유지나에게 올도어SCC의 명예 연습생 신분을 부여하는 것으로 촬영을 끝맺기로 했다.

"가르쳐 드린 대로만 따라하면 됩니다."

"네."

사실상의 승부처인 1세트 맵 투지에서 대결이 시작되었다.

유지나는 이신이 가르쳐 준 대로 따라 했다.

바로 생 더블. 곧바로 앞마당에 확장 기지를 짓고, 그다음에 병영을 지었다.

병영과 군량고 2개로 앞마당으로 들어오는 통로를 막았다.

'좋아.'

지창수는 평범한 3부화실 빌드로 시작했다.

빠른 공격 타이밍이 아닌 부유하게 시작하는 전형적인 괴물 종족의 전략이었다.

하지만 괴물이 얼마나 부유하든 상관없었다. 일단 초반의 견제 없이 생 더블에 성공한 것으로 충분했다.

이신이 짠 빌드 오더는 그것만으로도 승리가 확정적이었다.

유지나는 서툰 손놀림으로나마 차근차근 배운 빌드 오더를 진행해 나갔다.

곧바로 기갑 정거장을 4개나 짓고서 기계 보병을 쏟아내기 시작한 것.

"오! 진짜 빠른데?"

최환열이 보고 깜짝 놀랐다.

"생 더블만 성공하면 무조건 이겨."

이신은 단언했다.

과연 그 말대로였다.

지창수는 쐐기충 한 부대를 이끌고 견제를 펼치러 나왔지만 득시글거리는 유지나의 기계보병에 기겁을 해서 도망쳤다.

대공 공격력이 매우 높은 기계보병은 쐐기충의 천적이나 다름없었다.

"가자!"

유지나가 신이 나서 소리치며 공격에 나섰다.

기계보병들이 우르르 지창수의 진영으로 떠났다.

지창수는 앞마당과 확장 기지에 잇달아 촉수탑을 마구 건설해 디펜스를 구축했다.

하지만 방어력이 1 업그레이드된 기계보병들은 그야말로 한순간에 앞마당을 쓸어버렸다.

지창수는 혼신의 힘을 다하여 쐐기충으로 컨트롤을 펼쳤으나, 기계보병들의 대응 사격에 녹아버렸다.

도저히 막을 수 있는 타이밍이 안 나왔다.

유지나는 계속 기계보병을 생산하면서 미니 맵에 어택만 찍어 댔다.

별다른 컨트롤이 필요 없었다.

그리고 그 와중에 슬그머니 지창수의 앞마당에 나타난 유지나의 건설로봇.

건설로봇이 지창수의 앞마당에 통제사령부를 짓기 시작했다.

일명 마패!

진 상대를 조롱하는 세리머니였다.

이를 본 올도어SCC 선수들은 웃음을 터뜨렸고, 지창수의 분노의 채팅이 마구 올라왔다.

—CSJ : 누나 이거 진짜 너무하는 거 아니에요?

—Z-NA : 네가 나한테 한 짓을 생각하렴.

—CSJ : 실력 좀 보자고 초반에 가만 놔뒀더니 뻔뻔하게 생 더블을 하고 앉았어?! 그리고 이거 뭐야. 완전 사기 빌드야!

—Z-NA : ㅎㅎㅎㅎ스승님께서 사랑을 담아 만들어주셨지롱!

—CSJ : 사랑-_-;;;

—Z-NA : 낄낄낄 얼른 GG 치렴.^^

—CSJ : 두고 보자-_-

그렇게 1세트는 유지나의 승리로 돌아갔다.

"꺅! 완전 좋아!"

유지나는 그 틈을 타서 이신을 와락 끌어안고 방방 뛰었다.

엉겨 붙는 유지나 탓에 이신의 표정은 대놓고 당혹과 귀찮음으로 물들었다.

연이어 2세트는 피의 권좌. 인류가 괴물에게 질 수가 없는 맵.

어지간히도 실력 차이가 나거나, 괴물이 허를 찌르는 기습 전략을 펼치지 않는 한 대개 인류가 승리하는 맵이었다.

특히나 게임의 콘셉트상 인류는 적응의 종족.

시간이 흐를수록 인류 플레이어는 더 다양한 전략·전술을 개발해 피의 권좌를 완전한 인류 맵으로 확정 지어버렸다.

이번에는 안전하게 앞마당에 참호를 하나 짓고 방어하며 출발한 유지나.

역시나 이신이 가르쳐 준 그대로 빠짐없이 따라 한다.

대공포를 건설하는 위치, 기동포탑의 배치가 단 한 칸의 오차도 없이 이신의 주입식 교육대로 진행되었다.

그리고 시작된 것은 안 나가고 버티기!

일명 쇄국인류였다.

우주방어를 펼쳐 놓고 나오지를 않으니 지창수가 먼저 들어가야 했다.

하지만 방어는 완벽. 이신의 대공포와 기동포탑 배치를 그대로 옮겨놓은 디펜스였다.

계속 공격을 시도했던 지창수는 병력과 함께 자원을 낭비했다.

꾸역꾸역 자원을 채집해서 대병력으로 공격을 퍼부었지만, 어느덧 자원이 전부 바닥나고 말았다.

"와, 디펜스 봐라. 어떻게 저렇게 잘 막아내는 거야?"

"심시티."

최환열의 질문에 이신이 간단히 답했다.

"대공포랑 기동포탑을 내가 시킨 대로만 배치하면, 손가락만 달려 있으면 무조건 이겨."

이신은 피의 권좌에서 모범 답안이라 할 수 있는 심시티 디펜스를 갈고닦아 놓은 지 오래였다.

"이거 방송 나가면 좀 아까운데. 좀 편집해 달라고 할까?"

"됐어. 어차피 이 맵에서 괴물이 나올 일은 없잖아."

맵 어디에도 이제 자원을 찾아볼 수 없게 되었을 때쯤, 유지나가 공격에 나섰다.

전함 12척.

기동포탑 24기.

기타 병력.

호화롭기 이를 데 없는 조합으로 공격에 나선 유지나.

지창수는 그 조합을 이겨낼 만한 병력도 자원도 남아 있지 않았다.

결국 앞마당과 본진 외에는 전부 밀려 버린 비참한 처지의 지창수. 거기에 대고 유지나는 이 방송의 대미를 화려하게 장식했다.

―Z-NA : 잘 가라! 이건 노잣돈이다.

―핵 발사를 감지하였습니다.

실용성이 거의 없어 상대를 조롱하는 세리머니 용도로만 쓰이는 핵폭탄이 사용된 것이다.

콰르르르르릉

지창수의 앞마당이 초토화되었다.

―CSJ : ㅠㅠ

―CSJ : GG

그렇게 방송의 대미가 장식되었다.

촬영은 유지나가 명예 올도어SCC 연습생로 임명되는 것으로 마무리되었다.

*　　　　　*　　　　　*

예능에서 이신이 유지나를 통해 선보인 빌드 오더는 화제가 되었다.

일단 생 더블만 성공하면 거의 무조건 이길 수 있는 빌드 오더, 그리고 손가락만 달려 있으면 무조건 이길 수 있는 피의 권좌의 심시티 디펜스 완성판.

후자야 피의 권좌에서 괴물을 내보내는 팀이 없으니 상관없지만, 전자는 괴물 플레이어에게 큰 충격을 안겨 주었다.

"우리도 한 번 따라 해보자."

"정말 무조건 이길 수 있는 건가?"

프로게이머들이 방송분을 보고 그 전략을 흉내 내기 시작했다.

그리고 인류가 절대로 생 더블을 하지 못하게 해야 한다는 과제가 괴물 플레이어들에게 던져졌다.

왜 이런 좋은 전략을 하필이면 예능에서 써먹었냐고 나무라는 목소리도 있었다.

하지만 이신은 정말로 유지나를 이기게 만들어야 했기에 그 목적에 충실했을 뿐이었다.

결국 이신은 역시 게임의 신이었다는 이야기로 마무리되었다.

올도어SCC는 팀의 인지도 상승이라는 엄청난 이득을 거두었고, 박태호 PD는 또 하나의 성공적인 콘텐츠를 만들어낸 실력자로 인정받았다.

유지나, 지창수, 그리고 박영호 등등 출연자들이 모두 인기가 상승하여 광고 출연이 많아지게 되었다.

그렇게 화제의 예능이 슬슬 네티즌들 사이에서 언급이 수그러들 즈음, 마침내 때가 왔다.

2021년 한국 SC 프로리그가 개막을 앞두게 된 것이다.

올도어SCC는 매우 바빠졌다.

이신은 본인과 선수들의 훈련에 박차를 가했다.

최환열은 자신의 인맥을 발휘해 계속 은퇴한 프로게이머를 수소문해서 코치로 일할 사람을 불러 모으기 시작했다.

적어도 종족별로 코치가 한 명씩은 필요했기에 직접 찾아가 만나는 등 최환열이 바빠졌다.

"내가 플레잉 코치 할까?"

어느 날, 문득 조용히 면담을 신청한 박진수가 꺼낸 이야기였다.

동갑이라 사석에서는 서로 말을 놓기로 했는데, 박진수가 진지하게 의향을 내비치자 이신은 고개를 저었다.

"선수 생활에 집중해."

"홀로 훈련을 더 해봤자 슬슬 한계도 보이는 것 같고 해서. 코치가 부족해서 문제면 내가 해줄 수 있겠다 싶어."

"넌 지금도 이미 팀의 연장자로서 역할을 해주고 있어. 코치 직책까지 떠맡을 필요는 없어."

"억지로 떠맡는 게 아니라, 나도 슬슬 미래를 준비해야지."

박진수는 쓸쓸히 말했다.

"네 말대로 견제 플레이 위주로 콘셉트를 짜서 인류전은 폼이 어느 정도 올라왔어. 그런데 신족이나 괴물은 도저히 안 되겠고, 이제 내 한계가 너무 뚜렷하게 보여."

"인류 상대로 내밀 수 있는 카드로 충분해."

"내 말이 그거야."

"……?"

"어차피 다른 종족은 필요가 없잖아. 내가 단골 출장하는 붙박이 주전도 아니고, 가끔씩 저격 카드로 쓰이는 선수니까, 코치 일을 병행할 수 있을 것 같다 싶어."

이신은 곰곰이 생각에 잠겼다.

옳긴 옳은 얘긴데, 그러면 선수 생활을 더 하고 싶어서 이 팀으로 이적한 박진수에게 미안해지는 것이었다.

"나도 하고 싶어서 그래. 전에 있던 CT면 몰라도, 여긴 이제 신생 팀이고 새로운 시도를 하려는 분위기도 있어서 나도 이 팀에서라면 코치가 되고 싶어."

그 순간, 이신은 문득 아이디어가 하나 떠올랐다.

박진수는 현역 시절부터 지금까지 줄곧 전략에 능한 선수였다.

이신은 언젠가는 올도어SCC에도 해외 명문 팀처럼 전략 팀을 도입할 생각이었다.

만약 전략 팀이 새로이 창설된다면, 박진수는 그 팀을 맡을 적임자였다.

이신은 생각 끝에 입을 열었다.

"그럼 일단은 급한 대로 플레잉 코치로 좀 고생해 줘."

"고생이랄 것도 없다니까. 지금처럼 애들한테 조언해 주고 멘탈 관리도 좀 해주면 되잖아."

"그리고 전략 팀을 새롭게 도입할 생각인데, 지금 고생 좀 해주면 나중에 그 전략 팀의 책임자로 앉혀줄게."

박진수의 얼굴이 놀라움으로 물들었다.

파리SCC 같은 해외 명문 팀에나 있는 그런 전략 팀이 도입된다니.

심지어 자신이 그런 팀의 팀장이 된다는 것은 상상해 본 적도 없었다.

제4장

개막

 2021년 한국 SC 프로리그의 개막을 알리는 첫 경기를 올도어
SCC가 따냈다.

 상대는 같이 프로리그로 승격된 신생 팀 에버스였다.

 비록 승격되면서 기업 스폰서도 생겨 프로 팀으로서의 구색을
갖춘 에버스였으나, 프로리그의 10팀 중에서는 약체를 벗어나기
어려울 거라는 전망이 지배적이었다.

 그에 반해 올도어SCC는 이신 체제로 똘똘 뭉치고 레전드 최환
열이 뒷받침해 주는 신생 강팀!

 과연 모두의 기대처럼 엄청난 활약을 보여줄 수 있을지 주목
되는 첫 경기였다.

 최환열과 이신은 그밖에 새롭게 코치가 된 3인과 함께 엔트리

를 짜고 있었다.

"1세트 맵은 버려진 성채네. 무난한데."

최환열이 말했다.

"엄밀히 따지면 괴물이 좀 유리하려나?"

인류 코치 김찬호가 말했다.

올해 27세인 김찬호는 공군 프로 팀에서 뛰다가 막 전역해 코치로 영입되었다.

"응, 이곳저곳 확장 기지 가져갈 데가 많잖아."

괴물 코치 윤두수가 동의했다.

작년에 은퇴 후 파프리카TV에서 BJ를 했지만 평균 시청자 50명 이하라는 저조한 성적 탓에 고민이 많던 윤두수는 최환열의 코치직 제안에 냉큼 승낙했다.

그리고…….

"제 생각에도 아마 에버스는 여기서 괴물을 낼 것 같아요. 그나마 2부 리그 시절에 팀을 이끌던 에이스가 괴물이잖아요. 이름이 뭐더라?"

선수 겸 신족 코치 박진수였다.

"백찬희였나?"

"어, 백찬희. 걔 BJ하면서 2부 리그에서 선수 생활도 병행하던 애였어. 파프리카에서는 꽤 유명해."

BJ 하다가 망하고 온 윤두수는 백찬희를 잘 아는 눈치였다.

"유명해 봐야 거기서 거기지. 쯧쯧, 인기 없는 BJ 녀석들."

최환열이 혀를 차자 윤두수의 이마에 힘줄이 솟았다.

최환열은 냉큼 말을 돌렸다.

"1세트 할래? 개막전 첫 경기 첫 게임."

그 말이 향한 곳은 이신이었다.

"아니."

이신은 단호히 거절했다.

"존을 낼 거야."

"존을?"

"존은 아직 미숙한데 괴물전만큼은 잘해."

"존? 하긴 그것도 괜찮은데? 존이 딱 괴물전만 진짜 잘하잖아."

최환열이 찬성했다.

다른 코치들도 조금 생각해 보다가 고개를 끄덕였다.

"막말로 다른 종족이랑 할 때는 다 막장이지."

"병영체제 컨트롤에 특화되어 있어서 괴물전 말고는 못하지 아직."

"근데 컨트롤은 화려하니까 1세트에서 분위기 띄우기에는 좋을 것 같아요. 나도 존 찬성."

마지막으로 박진수도 찬성을 하자 이신은 두말없이 1세트에 존을 넣었다.

최환열은 엔트리를 계속 짜다가 문득 말했다.

"신아."

"어."

"너 개막전은 좀 쉴래?"

"왜?"

"데뷔전 치러서 팬들한테 얼굴 알려야 하는 애들 많잖아. 상대가 약팀이니까 네가 굳이 나올 필요도 없고."

이신은 수긍했다.

세 명의 제자와 사나다 료, 유진영 등 라인업이 탄탄하고, 전략적으로 내밀 수 있는 카드로도 박진수, 한태화 등이 있었다.

이신이 굳이 나설 필요가 없는 상대였지만 경기 출전 욕심이 강한 이신은 불만 가득한 표정이 되었다.

최환열은 그런 이신의 어깨를 툭툭 두드리며 위로했다.

"에이스 결정전까지 가면 네가 나가면 되잖아."

"에이스 결정전까지 갈 일이 없잖아."

"아직 변수가 많아."

"무슨 변수?"

"존은 괴물이 아닌 다른 종족 만나 버리면 위험하고, 사나다 료는 실력은 좋지만 한국에서의 공식전이 처음이라 어찌 될지 모르고. 주디랑 유진영도 깜짝 전략에 당할지도 모르잖아."

"……."

"우리 팀이 강하다고 생각하는 모양인데, 강한 건 너지 우리가 아니야. 우린 막 프로리그에 발 내딛는 불안정한 신생 팀이라고."

최환열의 조리 있는 말에 이신은 점점 할 말이 없어졌다.

고집이 센 이신이지만, 옛날부터 은근히 최환열에게만은 지고 들어가는 편이었다.

*　　　　*　　　　*

검정색 쉐보레 익스플로러 밴과 푸른색 롤스로이스 팬텀이 함께 경기장 앞에 도달했다.

저 검은 밴에 어느 팀 선수들이 탔는지는, 뒤따르는 롤스로이스 팬텀을 보면 충분히 짐작할 수 있었다.

"와아아아!"

"꺄아아악!"

"이신이다!"

"쟤네 올도어야!"

팬들이 아우성치며 몰려왔다.

예능 때문에 몰려오는 팬들의 숫자가 평소보다 더 늘어나 있었다.

롤스로이스 팬텀에서 이신과 최환열이 내렸다. 소란이 더 거세졌다.

밴에서도 코치진과 선수들이 줄줄이 내렸다.

예능으로 인해 화제가 만발한 올도어SCC의 등장에 다들 환호로 반겼다.

이신은 팬들에게 포위당해 진땀을 뺐지만, 선수들은 알아서 길을 비켜주는 덕에 어렵지 않게 경기장으로 들어갔다.

유진영, 사나다 료, 주디 등은 무대에 익숙했고, 차이도 성격이 대범해 아무렇지 않아 했다.

그런데 유독 존은 긴장한 기색이 역력했다.

원채 어려서부터 몸이 안 좋아 외부 활동을 잘 안 한 탓에, 이렇게 많은 인파가 모인 무대에 익숙할 리가 없었다.

게다가 하필이면 1세트 선봉으로 출격해야 한다.

2021년 프로리그의 신호탄을 쏘는 첫 게임을 장식해야 한다.

'팀의 분위기를 위해서라도 지금 져서는 안 돼.'

존은 침을 꿀꺽 삼켰다.

차이나 누나 주다나 질 것 같지 않았다. 베테랑인 유진영이나 실력 좋은 사나다 료도 질 것 같지 않았다.

만약 자신만 진다면 그건 그것대로 박탈감이 클 터.

"긴장돼?"

최환열이 다가와 자상하게 물었다.

"네……."

"하던 대로만 하면 돼. 부스 안에 들어가서 혼자 게임하면 그만이야. 괜히 밖에 수많은 사람이 있다고 의식해서 긴장하면 컨트롤 삐끗한다."

"서, 선생님은 어때요?"

"신이?"

"네. 선생님도 처음에는 이렇게 긴장했을까요?"

"……."

최환열은 꿀 먹은 벙어리가 되었다.

이신은 긴장과 담을 쌓은 인간이었다. 첫 데뷔 무대에서도 지금과 별다를 바 없었다.

"하아… 저도 그렇게 용감했으면 좋겠어요."

최환열은 그런 존의 등을 툭툭 쳤다.

"긴장을 많이 타는 것은 체질이지 용기랑은 관계없어."

"정말요?"

"그럼. 두려워도 맞서는 게 용기지. 네가 지금 이렇게 긴장되는데도 나가서 멋지게 싸우면 그게 용기야. 잘할 수 있지?"

"네."

존은 고개를 끄덕였다.

"참고로 난 처음 데뷔전 때 긴장해서 과학연구소를 2개나 지었어. 어쩐지 전술위성이 되게 늦게 나오더라."

존은 키득키득 웃었다.

덕분에 긴장이 조금은 풀린 모습이었다.

그제야 주디가 슬쩍 다가왔다.

"기분 어때?"

"이제 좀 나아졌어."

"기운 내."

"걱정 마. 이길 거니까."

그때쯤, 상대 팀의 엔트리가 공개되었다.

—1라운드 1차전 1경기, 올도어SCC 대 에버스.

—1세트(버려진 성채) : 존 레벨린 대 백찬희.

"좋아!"

존은 주먹을 꾹 쥐었다.

코치진이 예상했던 것처럼 상대는 괴물 플레이어 백찬희였다.

얼마 전까지는 2부 리그의 아마추어 선수였으니 아무리 잘해 봐야 같은 팀의 유진영만큼 잘하지는 않을 터였다.

'됐어, 이길 수 있어.'

존은 평소 유진영과 연습했을 때도 승률이 5할이었다.

한때 팀 제미니의 쌍두마차였던 유진영을 상대로 그만큼 한 것이다.

백찬희 따위는 별것 아니라고 존은 생각했다. 아니, 그렇게 스스로 되뇌며 긴장감을 떨치려 노력했다.

*   *   *

오늘 경기에 출전하는 선수 10명이 무대에 나와 인터뷰를 가졌다.

에버스는 갓 올라온 신생 팀에 인지도도 없었기에 그만큼 노력하려는 자세를 보였다.

인터뷰에서도 당차게 도발을 거는 등, 패기 있는 모습이 보기 좋다는 반응이었다.

반면, 올도어SCC 측은 주디가 포화를 열었다.

—감독님이 엔트리 보더니 무난히 3 대 0으로 이길 거랬어요.

"하하하!"

경기장이 웃음바다가 되었다. 역시나 신의 아바타라는 별명답게 이신의 말을 대변하는 주디였다.

—아, 그런가요? 이신 선수, 아니, 오늘은 감독님이죠. 이신 감

독님이 상대 팀 엔트리를 보고 뭐라고 하시던가요?

　―전부 들… 들? 아, 듣보…….

마침내 단어가 생각난 주디.

하지만 옆에 있던 차이가 냉큼 마이크를 빼앗았다. 절묘한 타이밍이었다.

차이는 씨익 웃으며 말했다.

　―선생님께서는 듣도 보도 못한 팀이라 어떻게 평가 내릴 수가 없다고 말씀하셨습니다.

하지만 수습하기에는 좀 늦었다.

"와하하하하!"

"듣보잡이래."

"이신이 듣보잡이라고 했대, 깔깔!"

"아 미치겠다."

"듣보잡……!"

경기장의 수만 관중이 요절복통하는 순간이었다.

뒤늦게 반대편에 있던 유진영으로부터 듣보잡이 뭔지 설명을 들은 주디는 안색이 새하얘졌다.

　―아, 정말 놀라운 타이밍으로 수습을 한 차이 선수인데요. 주디 선수, 주디 선수?

　―네, 네?

당황한 주디의 모습에 관중들은 웃음을 멈추지 못했다.

　―정말 차이 선수가 한 말씀대로인가요? 아니면 '듣'으로 시작해서 3글자로 끝나는 단어였나요?

낄낄거리는 분위기 속에서 주디는 겁에 질린 얼굴로 말했다.

―차, 차이 말대로예요.

―에이, 아닌 것 같은데요?

캐스터 이병철은 신이 나서 계속 주디에게 장난을 걸었고, 주디는 울상이 되었다.

때마침 대형 화면에 이신이 비치자 관중들은 더더욱 환호와 웃음을 보냈다.

하지만, 듣보잡 소릴 들은 에버스 선수들은 붉으락푸르락해졌다.

e스포츠의 전설 이신이 친히 '듣보잡'이라고 했다니, 이 경기에서 이기지 못하면 별명이 되어 영원히 따라다닐 터였다.

―저희를 듣보잡 취급을 하셨는데, 신께서 그리 말씀하셨다니 그건 이해하고요, 앞으로 절대 듣보잡 소리를 할 수 없는 팀이 되겠습니다.

"와아아아!!"

에버스의 선봉 백찬희가 멋진 말로 수습해서 분위기를 띄웠으나,

―드, 듣보잡이라고 안 했어요. 죄송해요…….

주디가 울상을 지으며 한 대꾸로 다시 웃음바다로 바뀌었다.

결국 인터뷰가 개그로 끝나자 에버스 선수들은 아까보다 더욱 타격을 받은 모습들이었다.

각자의 팀 벤치로 돌아가고, 마침내 1세트 경기가 시작되었다.

"존 힘내!"

주디가 응원했다.

존은 주먹을 불끈 쥐어 보였다.

"응, 저 들보잡들을 박살 내고 올게."

"그거 하지 마!"

주디가 또 울상이 되어 소리치자, 존은 낄낄거리며 부스로 들어갔다.

본의 아니게 주디는 동생의 긴장감을 풀어준 것이었다.

이를 본 이신은 주디의 머리를 쓰다듬었다.

"잘했어."

"……?"

뭘 잘했는지는 모르겠지만, 아무튼 이신이 쓰다듬어 주니 얌전해진 주디였다.

하필이면 그 모습이 또 대형 화면을 타는 바람에 관객석에 모인 여성 팬들이 비명을 질렀다.

"꺄아악!"

"안 돼요, 오빠!"

"저 계집애가!"

"저도 쓰다듬어 주세요!"

흠칫한 이신은 주디의 머리에서 손을 치웠다.

―신의 제자 존 레벨린 선수와 2부 리그에서 활약을 떨친 백찬희 선수의 대결입니다!

—인터뷰 때 누나의 활약에 힘입어 이길 수 있을지, 존 레벨린 선수의 기대되는 데뷔전입니다.

—마냥 이신 선수의 제자니까 낙하산으로 출전할 수 있는 게 아니거든요. 팀 내 랭킹전에서 좋은 성적을 거둬서 출전하게 되었다고 들었습니다.

—그래서 더욱 기대되는 겁니다. 누나도 지난해에 한 라운드 뿐이었습니다만 멋지게 활약했잖습니까!

여러 가지 해프닝을 남긴 채, 2021년 프로리그 1라운드 1경기, 제1세트 경기가 시작되었다.

존은 결코 범상치 않은 빌드 오더로 축제의 시작을 알렸다.

—존 선수, 2병영?!

존은 처음부터 본진에서 병영 2개를 짓고 보병을 생산하기 시작했다.

건설로봇의 생산을 중단, 오로지 병력을 쉬지 않고 모았다.

—앞마당도 안 가져가고 병력을 모으고 있습니다!

—야, 저건 불꽃러시입니다! 정말 고전적인 빌드네요! 타이밍 잡고 들어가서 승부 보겠다는 건데요, 요즘 괴물 상대로 본진 플레이 하는 인류가 없었거든요.

—이신 선수도 최근에는 본진 플레이를 지양하는 편인데, 정말 과감한 선택을 했네요.

—그렇습니다. 요즘 이 전략이 안 나오는 이유는 간단합니다. 요즘은 괴물들이 인류의 본진 플레이에 대한 대처를 아주 잘하

거든요!

해설위원 정승태가 계속 말했다.

―이게 성공하려면 괴물들의 대처를 뛰어넘는 컨트롤을 발휘해야 합니다. 존 선수! 이신 선수의 제자니까 괴물의 디펜스를 뚫는 불꽃같은 컨트롤 기대해 보겠습니다.

존은 보병 4기를 밖으로 돌려서 상대 백찬희가 보내온 정찰을 계속해서 쫓아냈다.

천천히 날아오는 하늘군주도 쫓아내서 언덕 너머로 물러나게 만드는 등, 소수의 보병이 꾸준하게 움직였다.

앞마당에 보병이 계속 모였다.

하지만 본진에는 더 많은 병력이 숨겨져 있었다.

앞마당에 모아놓은 보병 무리는 백찬희에게 보여주기 위한 용도에 불과했다.

본진 2병영 불꽃러시라는 자신의 전략을 끝까지 숨기기 위해서였다.

각성제의 개발이 완료된 순간, 의무병 2명이 생산되었다. 타이밍이 딱딱 맞아 떨어졌다.

'간다.'

존은 심호흡을 했다.

공격에 나서는 순간, 상대도 자신의 의도를 깨닫고 즉시 촉수탑을 마구 건설하며 디펜스를 할 것이다.

그것을 뛰어넘어야 한다.

타이밍 싸움이었다.

—갑니다! 존 선수 드디어 공격에 나서죠!

—약간 늦었습니다. 좀 더 일찍 병력이 진출했다가, 각성제 개발이 완료될 때쯤 상대의 앞마당에 이르러야 하거든요. 그래야 곧바로 각성제 빨면서 싸움을 개시하는… 어어?!

밖으로 나선 존의 병력은 놀랍게도 각성제를 흡입하며 미친 듯이 달렸다.

각성제로 행동이 빨라진 보병들이 질풍처럼 백찬희의 진영으로 질주했다.

기웃거리던 백찬희의 바퀴들도 그것을 보았다.

병력 규모를 보고 불꽃러시라는 사실을 비로소 알아차린 백찬희.

'헉!'

보병이 말 그대로 약 빤 스피드로 달려오자 백찬희는 기겁을 했다.

그의 앞마당에는 촉수탑이 1개밖에 없었던 것이다.

'막아야 해!'

백찬희는 앞마당에 촉수탑 4개를 더 지었다. 앞마당에서 일하던 일벌레들도 맞서 싸우기 위해 뛰쳐나왔다.

하지만 존의 병력은 너무 빠른 타이밍에 달려왔다.

'뭐가 이렇게 빨라!'

백찬희가 비명을 질렀다.

*   *   *

"와아아아아!"

경기장에 함성이 울려 퍼졌다.

존의 보병들은 각성제를 두 번이나 흡입하면서 달려왔다.

뒤쳐진 의무병도 내팽개친 채 미친 듯이 달려와서 곧바로 백찬희의 앞마당을 덮쳤다.

완성되어 있는 촉수탑은 고작 1개. 나머지 4개는 이제 막 짓고 있었다.

일벌레들이 달려들었지만,

—투타타타타타타!!

보병들이 불꽃을 뿜었다.

—키엑!

—키엑!

—키에엑!

일벌레들이 몰살.

촉수탑 1개도 박살 났다.

놀랍게도 존의 보병의 피해는 단 3명뿐이었다.

공격 받는 보병을 즉각 뒤로 빼버리는 컨트롤 때문이었다.

—우와! 존 선수, 컨트롤 완전히 신들렸습니다!

—촉수탑의 공격을 받는 보병을 정확하게 클릭해서 빼주고 있어요! 저건 거의 이신 선수 수준의 컨트롤입니다!

뒤늦게 따라붙은 의무병이 치료를 해주기 시작했다.

존은 지어지고 있는 촉수탑들도 공격했다.

뒤늦게 4개의 촉수탑들이 완성되었지만, 완성되는 족족 핏덩이를 쏟아내며 박살 나버렸다.

─전부 뚫렸습니다!!

─백찬희 선수, 앞마당 부화실 깨지면 지는 겁니다!

백찬희도 가만히 있던 것은 아니었다.

본진에서 모아놓은 바퀴 10마리가 일벌레들과 함께 뛰쳐나온 것!

방어선이 무너지는 동안, 백찬희는 서두르지 않고 침착하게 병력을 모아놓은 것이었다.

하지만,

─존 선수도 후속 병력 도착했습니다!

─와아! 화염방사병까지 약 빨면서 달려왔어요!

뒤이어 생산되었던 화염방사병 2명이 각성제를 빨면서 달려온 것이었다.

의무병이 치료로 붙어 보조해 주는 채로, 화염방사병들이 앞장서서 돌격했다.

─키에엑!

─끼엑!

─끼엑!

바퀴들과 일벌레들의 비명 소리가 울려 퍼졌다.

화염방사병들은 존의 컨트롤에 따라 귀신 들린 것처럼 춤을 추었다.

화염을 뿜고, 바퀴들이 집중적으로 노리자 뒤로 빠졌다.

바퀴들은 가장 위협적인 화염방사병들을 쫓다가 보병들의 집단사격에 녹아내렸다.

화염방사병이 계속 치고 빠지며 주의를 끌었고, 보병들의 화력망(火力網)이 뒷받침되었다.

불꽃!

존의 플레이를 설명할 수 있는 두 글자였다.

존은 백찬희의 디펜스를 그야말로 컨트롤로 씹어버렸다.

보통은 일벌레 다수를 잃었을지언정 막기는 했을 터였다. 하지만 존은 백찬희의 후속 반격조차도 분쇄시켰다.

―컨트롤입니다! 일꾼 피해가 다수 있을지언정 막아낼 수 있는 공격이었습니다. 백찬희 선수의 대응도 괜찮았거든요! 그런데 컨트롤로 이겨냈습니다!

―각성제를 흡입하고 진격한 것도 주효했지요?

―예, 덕분에 대응할 시간을 주지 않았죠! 병력이 나온 순간 상대는 알아차린다. 진군하는 동안 상대의 디펜스가 완성된다. 이걸 알고서 존 선수는 각성제를 사용해서 돌격한 거였어요!

―캐나다에서 온 신예가 아주 화끈하게 데뷔를 하네요!

결국 백찬희는 GG를 선언했다.

경기장에 울려 퍼지는 함성.

부스에서 나온 존은,

"와아아아아!"

"존! 존! 존!"

환호하는 관객들을 보며 놀란 얼굴이 되었다.

하지만 이내 양팔을 번쩍 들고 세리머니를 했다.

"와아아아!!!"

관객들은 불꽃처럼 화끈한 경기를 보여준 존에게 찬사를 보냈다.

─정말 스타일리시한 신인이 탄생했습니다! 철벽괴물 박영호의 등장 이후로 사라져 버린 인류의 불꽃러시를 되살려 낸 존 레벨린 선수입니다!

─스승 이신의 컨트롤 유전자를 갖고 나타났어요! 저런 제자를 이렇게 단시일 내에 키워 내다니 정말 놀랍습니다, 이신 선수!

─예, 저 보병 컨트롤은 앞으로도 수많은 괴물들이 진땀을 흘릴 게 분명한데요, 괴물전 스페셜리스트의 탄생이라고 봐도 과언이 아닙니다!

존은 팀 벤치로 돌아와 선수들과 하이파이브를 했다.

어찌 보면 오늘 엔트리에 뽑힌 다섯 선수 중에서 가장 불안했던 존이었다. 하지만 강점을 유감없이 발휘하여서 화려하게 개막전 첫 게임을 장식하였다.

올도어SCC는 기세 좋게 첫 프로 경기를 시작할 수 있게 되었다.

2세트에 나선 선수는 차이.

상대는 신족 플레이어였다.

차이는 굳건히 자리 잡고 묵직한 한 방으로 확장 기지를 하나씩 파괴해 나가는 인류의 정석을 선보였다.

신족은 숨이 막혀 질식사하듯이 GG를 선언해 버렸다.

―완벽한 운영이었습니다!

―빈틈도 없고, 인류가 얼마나 강한 종족인지 알게 해주는 플레이였죠. 저렇게 플레이하면 정말 답이 없어요.

차이는 썩 재미있지도 않지만 빈틈도 없는 운영을 보였다.

'괜찮군.'

이신은 고개를 끄덕였다.

차이의 유일한 약점이었던 신족전이 보완되었다.

다음 3세트는 사나다 료의 차례였다.

사나다 료는 부스로 가기 전에 씨익 웃으며 이신에게 말했다.

"3세트에서 끝내기 아쉽지 않아요?"

"끝내."

이신의 가벼운 지시.

료는 웃으며 부스로 갔다.

그날 3세트는 올도어SCC 대 에버스의 마지막 경기였다.

하지만 누구도 경기가 3 : 0으로 셧아웃된 것에 대해 아쉬움을 표하지 않았다.

사나다 료는 항공모함을 생산해 전 맵을 누비며 화려한 쇼를 펼쳤던 것이다.

항공모함에서 쏟아지는 전투기들의 융단폭격!

상대 인류의 지상군이 그야말로 철저하게 박살 났다.

항공모함 부대가 쓸고 지나간 자리마다 메뚜기 떼의 습격을 받은 것처럼 초토화된 인류의 진지가 남았다.

이신도 깜짝 놀랐다.

컨트롤이 섬세하지 못한 것이 약점이었던 사나다 료. 그런데 이제 보니 항공모함 컨트롤만큼은 예술의 경지였다.

신족 플레이어로서 항공모함을 잘 다룬다는 것은 확실한 스타성이었다.

3 : 0 승리로 경기 종료.

경기가 끝나고서 이신은 선수들과 함께 인터뷰를 했다.

—이신 선수. 아니, 오늘은 감독이신데 자꾸 선수라고 부르네요. 하하.

캐스터 이병철의 말에 이신이 가볍게 대꾸했다.

—그냥 마음대로 부르십시오.

—하하, 알겠습니다. 그럼 갓 감독님, 오늘 경기를 어떻게 평하십니까?

갓 감독이라는 호칭에 관객석에서 웃음이 나왔다.

이신은 고개를 끄덕이며 말했다.

—그럭저럭 만족스러운 승리였습니다.

—에이, 겨우 '그럭저럭'이요? 3 대 0으로 셧아웃시켰는데요?

—상대가 약체였으니 당연합니다.

—어휴, 가차 없으시네요. 역시 상대 팀을 든… 하여간 그렇게 표현한 분답습니다.

"하하하!"

"듣보잡, 낄낄!"

낄낄거리는 소리가 사방에서 들렸다.

캐스터 이병철도 장난을 자제하고 다시 진지하게 질문을 던졌다.

―오늘로서 베일에 싸여 있던 두 제자를 공개하셨는데요, 세 제자에 대해 평을 한 번 내려주시죠?

이신은 잠시 생각하다가 말했다.

―제 장점을 나눠가졌습니다. 주디는 저의 가장 기본적인 부분을, 존은 가장 화려한 부분을, 차이는 가장 강력한 부분을 가져갔습니다.

―아… 그러니까 좀 알아듣기 쉽게 포장하자면 주디 선수는 운영, 존 선수는 컨트롤, 차이 선수는 전략, 뭐 그런 겁니까?

―비슷합니다.

―그럼 제자들 중에 가장 강력하다는 차이 선수와 인터뷰를 해보죠. 차이 선수?

―예.

차이가 마이크를 받았다.

―갓 감독님의 평에 대해 어떻게 생각하십니까?

―물론 영광입니다. 언젠가는 선생님의 바람대로, 선생님을 뛰어넘도록 노력하겠습니다.

차이는 이신을 슥 보더니 씨익 웃으며 말을 이었다.

―그리 오랜 시간이 걸리지는 않을 겁니다.

*   *   *

─올도어SCC, 강림 탄생!

─전격을 시작한 '신의 군단'

─화려한 불꽃 선보인 '신의 제자' 존 레벨린!

─항공모함 쇼 보여준 사나다 료, 오늘의 명경기상 상금 획득

─이신 없이도 강림인 '신의 군단' 올도어SCC

─이신 "그럭저럭" 1승에 만족감 표시

─최환열, 존의 플레이에 극찬 "내가 본 최고의 불꽃이었다"

─데뷔 첫 승 거둔 '신의 제자' 차이 "조만간 스승 뛰어 넘겠다" 당찬 도발

화제의 올도어가 에버스를 상대로 완승을 거두며 2021년 프로리그 1라운드를 기분 좋게 시작했다.

비록 세 세트 만에 끝나 버렸지만 볼거리는 풍성했다.

신기의 불꽃 컨트롤을 보여준 존의 1세트.

살인적인 실력 차이를 과시한 차이의 2세트.

그리고 항공모함 순회공연 쇼를 보여준 사나다 료의 3세트.

거기에 스승 이신에 대한 차이의 도발까지 있어 화제에 끊임없이 오르내렸다.

─그리 오랜 시간이 걸리지 않을 것이다.

그 덧붙인 한마디가 단순한 포부로 끝나지 않는 도발을 만들어냈다.

일부 이신교의 광신도들이 배은망덕하다고 분개해했지만, 또

한 많은 이들이 즐거워했다.

시종처럼 이신을 충성스럽게 쫓아다니던 차이와 오만한 스승 이신의 대립 구도가 또한 올해의 볼거리 중 하나였다.

제5장

괴물

　10팀 체제로 바뀌면서 경기가 더 많아졌지만, 올도어SCC는 현재까지 진행된 3경기까지 연승 행진을 이어나갔다.

　에버스에 이어 제미니와 CT까지 연이어 격파.

　3 대 0, 3 대 1, 3 대 0의 쾌진격이었다.

　특히 CT와의 일전을 계기로 차이가 주목받기 시작했다.

　차이는 CT의 에이스인 이철한과 진검승부를 벌여 승리를 거두었다. 그것도 괴물에게 유리한 맵인 오염된 성좌에서 말이다.

　이신은 오염된 성좌에서 이철한이 나올 거라는 사실을 예측하고 있었다.

　그래서 본래는 이신이 출전해 이철한을 저격하기로 했는데, 그 역할을 차이가 선뜻 자청하고 나섰다.

차이는 병영 체제의 지상군과 다수의 전술위성이라는 전략을
펼쳤다.

그 결과, 한 번 공격에 나선 대량 병력이 맵을 순회공연하며
이철한의 확장 기지를 연이어 격파하는 기염을 토했다.

그 전까지 실력 면에서는 그냥 준수한 정도로 평가받던 차이
였다. 하지만 괴물 맵에 뛰어들어 이철한을 격파한 것을 계기로
차이의 위상이 단번에 높아졌다.

최강자가 이신이라면 그 아래로 박영호, 최영준, 신지호 등과
견줄 만한 정도쯤 되지 않을까 하는 예측이 조심스럽게 나온
것.

이는 최환열이 유도한 것도 있었다. 팀의 수석코치이자 전 레
전드라 주목을 잘 받는 최환열이 차이를 띄워주는 발언을 자주
했던 것이다.

"이신이 다전제에서 패배하는 날이 온다면, 그 주인공은 차이
일 것이다."

"차이는 이신의 대항마로서 태국에서 데려왔다."

"이신은 자신의 후계자이자 적수로 차이를 선택했다."

팀 내의 사제지간이자 라이벌이라는 구도를 만들어 팬들의 흥
미를 더하는 마케팅 전략이었다.

이철한을 꺾으면서 그 같은 띄워주기 발언들이 설득력을 얻었
다.

그리고 사실이기도 했다.

실제로 이신이 인류를 잡을 때는 차이와 겨뤄서 6 대 4 정도

의 비율로 승패를 주고받고 있었다.

이신과 겨뤄서 4할 대의 승리를 가져갈 수 있다는 것은 대단한 일.

옛날에도 황병철밖에 하지 못한 일이었다.

어찌 되었든 이신도 활력을 얻고 있었는데, 붙어서 쉽게 이길 수 없는 상대가 팀 내에 있다는 것은 매우 큰 즐거움이었다.

"팀에 괴물이 너무 없어요."

어느 날, 존이 토로했다.

1세트의 불꽃러시로 괴물전의 스페셜리스트로 떠오른 존.

존은 그야말로 병영 체제에 특화되어 있었다.

보병·의무병·화염방사병을 컨트롤할 때는 이신을 보는 것처럼 탁월했다. 다만 그러한 병영체제는 오직 괴물을 상대로만 쓰인다는 게 문제였다.

다른 종족으로는 초반의 치즈러시 외엔 잘 안 쓰이는 게 현실이었다.

그래서 존은 현재 괴물을 상대로 내는 전략적인 카드로 쓰이고 있었다.

"괴물이 좀 없긴 하지."

최환열이 한숨을 쉬며 동의했다.

올도어 1군 선수 중 괴물 플레이어는 유진영뿐으로, 괴물 부족으로 영입한 한태화는 2군 선수였다.

그나마도 한태화는 정상적인 빌드 오더를 잘 안 쓰는 굉장히 독특한 스타일. 때문에 괴물전에 대비한 훈련에서 연습 상대가 되어줄 사람은 유진영이 유일했다.

그런데 다음 1라운드 4경기 상대가 하필이면 JKT였다.

철벽괴물 박영호를 필두로 수많은 일류 괴물 플레이어들이 즐비한 괴물 제국이었다.

지난해 JKT의 준우승은 괴물들이 이끌었다고 해도 과언이 아니었다.

심지어 올해 27세로 개인리그 우승 2회 경력의 레전드인 오성준까지도 아직까지 현역으로 뛰며 활약하고 있었다.

장기전에서는 약한 모습을 보이고 있지만, 중반까지는 매서운 공격성과 컨트롤을 보이는 무서운 괴물 플레이어였다.

오성준은 놀랍게도 광기신족 최영준을 상대로도 1승을 기록했다.

우연히 최영준을 상대로 만났을 때 미친 듯한 쐐기충 컨트롤로 대사제를 연달아 저격, 사살해 한 방 싸움에서 큰 승리를 거둔 것이다.

그 정도로 대단한 오성준이 레전드로 버티고 있으며 후배를 지원해 주니, JKT의 괴물 라인이 흥할 수밖에 없었다.

JKT와의 이번 경기에 존도 출전시키기로 했는데, 존의 연습 상대가 없어서 애를 먹고 있는 형편이었다.

2군이나 연습생들 중에는 괴물이 있지만, 실력 차이가 너무 나서 제대로 된 연습이 안 된다.

유진영은 주디, 차이, 사나다 료가 사이좋게 연습 상대로 이용하고 있어 좀처럼 존의 차례가 오지 않았다.

이신은 쯧 하고 혀를 차며 말했다.

"나랑 하지."

"엑? 인류 대 인류전이요? 아니면 인류 대 신족?"

"괴물로 할게."

"선생님이 괴물로요?"

"어."

"알았어요."

기본적으로 다른 종족을 플레이하지 못하는 프로게이머는 없었다. 상대를 이기려면 상대 종족에 대해서도 잘 알고 있어야 했기 때문이다.

이신도 기본적인 괴물의 빌드 오더는 전부 알고 있었다.

정확한 심시티는 모르지만, 괴물을 상대로 싸웠던 그간의 경험들을 되살리면 얼추 존의 상대를 해줄 수는 있을 듯했다.

그렇게 존과 이신의 연습 게임이 시작되었다.

괴물을 잡아도 이신의 공격성은 어딜 가지 않았다.

9일벌레 빌드로 빠르게 바퀴 6마리를 생산한 것이다.

스피드 업그레이드까지 완료된 바퀴 6마리가 존의 진영을 향해 달렸다.

이신은 용의주도했다.

반시계방향으로 크게 우회시켜서, 존이 정찰 보낸 건설로봇과 마주치지 않게 했다.

그렇게 9일벌레 빌드라는 사실을 들키지 않고 존의 앞마당에 당도하는 데 성공!

존은 병영 1개가 지어진 상태였다.

'1병영 더블이군.'

바퀴 6마리는 그대로 본진에 난입해 버렸다.

"어?!"

화들짝 놀란 존은 일하고 있던 건설로봇 다수를 동원해 대응했다.

보병 1명이 이제 막 생산된 상황. 건설로봇들이 보병을 보호한 채 이신의 바퀴들에 맞섰다.

이신은 싸워주지 않았다.

그렇게 건설로봇이 싸움에 동원되느라 일을 못 하게 한 것 자체가 피해였으니까.

바퀴들은 정면으로 맞붙지 않고 계속 빙빙 돌며 존의 본진 내부를 휘젓고 다녔다.

그러면서,

―퍼엉!

식량 자원을 캐던 건설로봇 하나를 둘러싸 일순간에 터뜨리는 데 성공.

존이 달려들자 다시 빙 돌아 달아나며 끊임없이 괴롭혔다.

그러면서 마음속으로 시간을 재는 이신.

어느 순간, 바퀴 6마리가 병영을 향해 달려갔다.

존은 그제야 아차 싶어서 쫓아갔다.

왜냐하면,

―으악!

병영에서 다음 보병이 생산 완료되는 타이밍이었기 때문이었다.

2번째 보병이 생산되자마자 바퀴들에게 린치를 당해 죽고 말았다. 초 단위까지 타이밍을 정확하게 캐치한 이신의 놀라운 견제였다.

이어서 바퀴들은 입구에 참호를 건설하던 건설로봇도 사살했다.

존은 완전히 이신의 페이스에 말려들어 버렸다.

이신은 계속 바퀴를 생산해서 보냈다.

결국 존은 GG를 선언하고 말았다.

"아 진짜……."

"지금 뭐 해?"

이신은 울상이 된 존을 질책했다.

존은 머리를 긁적였다.

"죄송해요."

"9일벌레에 이렇게 맥없이 당해?"

"죄송해요. 바퀴들이 오는 걸 못 봐서……."

"당연히 못 봤겠지. 내가 정찰 차단하고 마주치지 않게 바퀴들을 우회시켰으니까. 그런데 눈치가 있어야지. 내가 그렇게 정찰 차단하면 의심을 해보든지 좀 더 안전한 빌드 오더로 가든지 해야 할 거 아냐."

"죄송합니다. 본진에 난입당해도 정리할 수 있을 줄 알았어요."

"컨트롤에 자신 있는 건 알겠는데, 바퀴 컨트롤 좋은 상대 만나면 지금처럼 당하는 수가 있어."

"네."

다음 게임에서는 존이 8병영 치즈러시를 시도했다.

이신은 앞마당에 짓고 있는 부화실 옆에 존이 참호를 건설하기 시작하자, 일벌레 7마리를 내보냈다.

지어지고 있는 참호 옆에 건설로봇과 함께 붙어 있는 보병 2명.

이신은 일벌레들로 학익진을 펼쳐 일제히 덮쳤다.

좌우익이 돌아 들어가 보병을 집중 공격했다.

존은 보병으로 무빙을 당기려 했다. 하지만 그 찰나, 이신의 일벌레 하나가 절묘하게 뒷공간을 막았다.

—으악!

—으악!

보병 2명이 죽어버렸다.

—퍼엉!

존은 짓던 참호를 취소시켜 버렸다. 치즈러시는 실패했다.

이어서 이신의 본진에서 생산된 바퀴들이 쏟아져 나왔다.

이제 이신이 역습을 갈 차례였다.

그대로 일벌레와 바퀴들이 함께 존의 진영으로 달렸다.

이번에는 존이 건설로봇을 모두 동원해서 막을 차례였다.

하지만,

—퍼엉!

—펑!

건설로봇은 잇달아 파괴되었다.

이신의 바퀴와 일벌레도 죽었지만, 이신은 계속 추가 생산된 바퀴가 뛰어오고 있었다.

존은 또다시 GG를 선언해야 했다.

"JKT의 오성준은 컨트롤이 아주 좋아. 박영호는 말할 필요도 없이 철벽괴물이고."

"네, 명심할게요."

"한 판 더."

"네!"

존은 이를 악물고 다음 게임에 임했다.

*   *   *

'열심히 연습하고 있구나.'

최환열은 진땀 흘리며 게임을 하는 존을 보며 흐뭇하게 웃었다. 상대는 괴물인데, 쐐기충의 견제 플레이에 애를 먹는 모양이었다.

'하긴, 진영이 쐐기충 컨트롤이 또 수준급이긴 하지.'

하나로 뭉쳐진 쐐기충이 존의 본진을 휘젓고 있었다.

—콰앙!

쐐기를 발사해 대공포를 파괴시킨 쐐기충.

이어서 깊숙이 들어가 일하고 있는 건설로봇들을 부수더니, 다시 시계방향으로 휘젓고 다니며 달려드는 보병들을 1명씩 잘라주었다.

"오, 잘하는데?"

최환열이 저도 모르게 감탄했다.

"그러게요."

마침 누군가가 다가와 맞장구쳤다.

"쐐기충으로 전부 씹어버리네."

"그러게요. 정확하게 대공포가 적게 건설된 방면으로 들어가서 휘젓고 있어요. 대공포 사거리를 전부 계산하고 움직이나 봐요."

"그러게 말이다. 진영이가 언제 저렇게 쐐기충 컨트롤이 좋아졌지?"

"네? 제가 뭘요?"

"응?"

그제야 최환열은 자신과 함께 대화를 나누던 사람이 유진영임을 깨달았다.

"너 왜 여기 있어?"

"연습하다 쉬고 있었죠. 상대 좀 해달라는 애들이 얼마나 많은 줄 아세요?"

"그럼 쟨 누구랑 하는 거야? 한태화?"

"태화 아녜요."

유진영은 턱짓으로 이신을 가리켰다.

이신은 거의 신들린 것 같은 쐐기충 컨트롤로 존을 짓밟고 있었다.

마무리는 바퀴들과 함께했다.

지상에서 바퀴들이 밀려오고, 공중에서 쐐기충이 쐐기를 발사하며 지원했다.

존은 또 GG를 치고 이어폰을 뺐다.

"Shit!"

존은 키보드를 주먹으로 두들기며 화를 냈다.

좀처럼 화를 안 내는 존이 저런 반응을 보이다니?

의아하게 여긴 최환열이 이신에게 다가가 물었다.

"존이랑 하고 있었어?"

"어."

"괴물이 없어서 네가 해주고 있었던 거야?"

"어."

"몇 대 몇인데?"

"5 대 0."

"뭐?! 인류도 신족도 아닌 괴물을 잡고 존을 내리 5판을 이겼다고?"

경악을 한 최환열에게 이신이 어깨를 으쓱하며 말했다.

"그냥 적당히 상대해 주려고 했는데……."

"근데?"

"내가 생각보다 괴물을 잘하더라."

"……."

"예전에 많이 붙었던 황병철하고 오성준 흉내를 내봤는데 컨트롤이 잘되네."

존처럼 화려한 보병 컨트롤을 구사하는 인류에게 괴물은 그야 말로 밥이다. 하지만 존 같은 유형에게 천적이 될 수 있는 괴물도 있다.

바로 존만큼이나 소수 유닛 컨트롤을 잘하는 괴물이었다.

"오성준도 쐐기충 컨트롤 잘하니까 존도 연습이 될 거야."

이신은 낙천적으로 말하며 다시 존과 게임을 시작했다.

이번에도 거침없이 2부화실 이후 쐐기충으로 빌드 오더를 구사하는 이신.

존의 연습 상대를 해준다는 명목이긴 한데, 최환열이 보기에는 쐐기충 컨트롤에 재미가 들린 게 분명했다.

'뭐 이런 놈이 다 있지?'

최환열은 외계인을 보듯이 이신을 쳐다보았다.

쐐기충이 나오자 이신의 눈빛이 생기가 돌았다.

'묘하군.'

이신은 쐐기충 컨트롤에 재미가 들렸다.

스텔스 전투기를 컨트롤하는 것과 요령이 동일했기 때문에 이신은 어렵지 않게 구사할 수 있었다.

심지어 쐐기충은 스텔스 전투기처럼 체력이 약하지 않았다.

물론 스텔스 전투기는 대신 스텔스 모드로 모습을 감출 수 있기 때문에 더 아슬아슬한 재미가 있었지만 말이다.

'재미있는데.'

존은 거의 발악을 하고 있었다.

병영 체제로 보병·의무병을 모아주면서, 쐐기충의 견제 플레이에 대비해서 로켓 프리깃을 생산했다.

로켓 보병 전략.

로켓 프리깃으로 대공 방어를 함으로써 대공포로 본진을 도배하는 비용을 아끼는 것이었다.

단, 저 비싼 로켓 프리깃을 절대 잃어서는 안 된다는 약점이 있는데, 존은 그러한 종류의 컨트롤에 자신이 있는 타입이었다.

'한 번 솜씨 좀 볼까.'

이신은 쐐기충 부대에 폭탄충 6마리도 함께 거느리고 공격에 나섰다.

그의 쐐기충이 존의 본진 외곽부터 치기 시작했다.

보병들이 각성제를 흡입하고 달려왔고, 로켓 프리깃도 날아들었다.

정면으로 부딪치면 삽시간에 녹아든다.

뒤로 빠진 이신은 폭탄충 2마리를 대기시켜 놓았다. 그러고는 다른 4마리와 쐐기충들을 이끌고 크게 우회시켰다.

ㅡ퍼엉!

ㅡ펑!

쐐기충이 존의 앞마당을 덮쳐 건설로봇 2기를 사살했다.

금세 또 존의 병력이 달려왔다. 대응이 빨랐다.

로켓 프리깃은 함부로 덤벼들지 못하고 있었다. 이신이 폭탄충을 데리고 있었기 때문이었다. 폭탄충의 자폭으로 로켓 프리깃을 잃으면 피해가 막심해지는 것이다.

이신은 계속 이곳저곳 들쑤시며 견제를 펼쳤다.

가끔 대열에서 벗어난 한두 명의 보병을 사살하는 등 날카로운 견제를 보였다.

하지만 시간은 이신의 편이 아니었다.

시간이 지나면 존의 전술위성이 생산된다.

방사능 살포까지 개발되면 쐐기충은 그때부터는 쓰기가 어려워진다.

전술위성이 똘똘 뭉쳐 있는 쐐기충에게 방사능 살포를 해버리면, 방사능에 의해 쐐기충이 막심한 피해를 입는 것.

때문에 이신은 그 전에 최대한 피해를 입히며 시간을 벌어야 하는 것이었다.

괴물주술사가 나올 때까지만 버텨낸다면 인류의 한 방 공격을 어렵지 않게 막아낼 수 있다.

그런데,

'지금이군.'

이신은 별안간 쐐기충을 전부 이끌고 덤벼들었다.

로켓 프리깃과 보병들이 몰려왔다.

이신의 쐐기충이 계속 쐐기를 쏘고 뒤로 빠지는 컨트롤을 신들린 듯이 펼쳤다.

존도 만만찮았다. 로켓 프리깃이 로켓을 쏘고 뒤로 빠지며 대항했다. 가까이 접근하면 폭탄충이 몰려들어 자폭하기 때문에 아슬아슬하게 사거리를 넘나드는 것이다.

그런 아슬아슬한 공중전이 이어질 때였다.

다른 방면에 대기시켜 놓았던 폭탄충 2마리가 존의 본진으로 날아들었다.

그때 항공정거장에서 전술위성이 생산되었다.

전술위성은 생산되자마자 폭탄충 2마리의 격렬한 환영을 받았다.

―퍼어어엉!

폭죽 터지는 소리와 함께 존의 전술위성이 격추되었다.

시선을 잡아끌던 쐐기충이 싸움을 멈추고 후퇴했다.

집중력이 요구되는 공중전으로 존의 시선을 잡아끌어 방심을 유도한 것.

전술위성이 언제 생산되는지 타이밍을 정확하게 알고 있었기에 가능한 플레이였다.

"와아!"

"저게 뭐야!"

"게임 경과 시간을 보고 타이밍 계산했어. 완전 소름이다."

흥미롭게 이신의 괴물 플레이를 지켜보던 선수들이 혀를 내둘렀다.

최환열은 기가 막혔다.

'뭐 이렇게 쓸데없이 잘해?'

프로게이머라면 종족을 불문하고 누구나 할 수 있는 평범한 괴물 운영이었다.

그런데 컨트롤이 쓸데없이 좋다.

일꾼을 뭉치고 비비는 솜씨도 수준급.

본진에서 테크 트리 올리고 심시티 구축하는 와중에도 바퀴가 끊임없이 움직이며 맵을 활보했다.

이신의 멀티태스킹 능력이 부지런해야 하는 괴물과 딱 어울렸던 것.

그리고…….

—으악!

—퍼엉!

쐐기충이 보병과 건설로봇을 1명씩 처치하고 빠졌다.

쐐기충 컨트롤은 그야말로 초일류 수준이었다.

패트롤(P) 명령을 응용한 컨트롤은 스텔스 전투기 다룰 때와 동일한데, 그래서인지 이신은 그야말로 미친 듯이 쐐기충을 갖고 놀았다.

부화실에서 추가 생산된 쐐기충들이 계속 날아와 충원되었다.

—키아악!

그런데 전술위성이 한데 뭉쳐진 쐐기충들에게 방사능 살포를 시전했다.

곧바로 이신이 반응했다.

삽시간에 사방으로 흩어져 버리는 쐐기충들. 이신은 방사능 살포에 당한 쐐기충을 정확히 캐치해 다른 곳에 보냈다.

방사능 살포에 당한 유닛은 주위의 아군 유닛까지 오염시키기 때문.

그런데 이신은 방사능에 오염된 쐐기충을 순식간에 빼버렸다.

그리고 다시 뭉쳐지는 쐐기충들.

그 일련의 과정이 3초도 안 걸렸다는 것이 무서웠다.

"우와!"

"와, 저거!!"

"저게 사람 손이야?"

1군의 유진영.

2군의 한태화.

그밖에도 괴물을 다루는 연습생들은 멍해졌다.

익히 들어보기는 했다.

신의 손.

APM과 정밀성이 신의 축복을 받았다는 미친 손 스피드.

뭉쳐진 쇄기충 부대에 방사능 살포를 뒤집어쓰는 것만큼 괴물 플레이어들에게 곤란한 경우가 없었다.

그런데 그 같은 상황에서 가장 까다로운 컨트롤을, 이신은 아무렇지 않게 해냈다.

"같은 사람 같지가 않다."

유진영이 한탄했다. 팀의 괴물 라인을 책임지는 그마저도 그 말밖에 나오지 않았다.

지난 개인리그 8강전에서 이신에게 3 대 0으로 완패를 당했던 유진영.

그때 이신의 강함을 뼛속 깊숙이 당해봤기에 그는 올도어SCC로의 이적을 결심할 수 있었다.

벽이 보이면 도전해서 넘는 것이 사나이라고 하지만…….

'벽도 벽 나름이지.'

유진영은 이신과 같은 팀이 되어서 행복해졌다.

분노한 쐐기충들이 방사능 살포를 한 전술위성을 집중 공격해
격추시켰다.

로켓 프리깃 2기가 날아와 공격.

마법처럼 쐐기충들이 다시 사방에 뿔뿔이 흩어졌다. 그리고
둘러싸듯이 로켓 프리깃을 공격했다.

―콰릉!

―콰르릉!

폭탄충들이 달려들어 로켓 프리깃 2기를 격추시켰다.

"와……."

"어떻게 저렇게 하지?"

"누구나 할 수는 있지. 단지 손이 존나 빠른 거고."

결국 존은 GG를 쳤다.

"잠깐 바람 좀 쐬고 올게요."

존은 그리 말하며 기운 없이 밖으로 나갔다. 메인 종족도 서
브 종족도 아닌 괴물을 고른 이신에게 내리 연패를 하니 기분이
좋을 리가 없었다.

이신은 곰곰이 무언가를 생각하는가 싶더니, 최환열에게 물
었다.

"존이 슬럼프야, 아니면 내가 잘하는 거야?"

"……."

최환열은 할 말을 잃었다.

"한 번 더 시험해 봐야겠네. 차이!"

"네."

수제자 겸 시종 겸 잠재적 라이벌인 차이가 부름을 받고 다가왔다.

"접속해."

"네."

차이는 자기 자리에 앉아 이어폰을 귀에 꼽았다.

맵은 비교적 밸런스가 잘 맞는 투지를 골랐다.

결과적으로, 차이를 상대로 이신은 3승 2패를 거두었다.

이신은 고개를 끄덕였다.

"내가 잘하는 거네."

그렇게 결론이 지어졌다.

*　　　*　　　*

'뭐야?'

황병철은 눈살을 찌푸렸다.

훈련을 하고 있었는데 온라인에서 누군가가 쪽지를 보내왔다.

비공개 서브 아이디로 접속되어 있었는데 누군가가 쪽지를 보낸 것이었다.

—Player_SIN : 한 판 할래?

Player_SIN.

공식적으로는 온라인의 숨은 고수.

하지만 그 정체가 이신이라는 사실을 모르는 사람은 없었다.

—MON : 꺼져.

가볍게 답장을 보냈다.
그런데 다시 이신으로부터 대전 신청 쪽지가 왔다.

—Player_SIN : 연습 도와줄게.
—MON : 귀찮으니까 말 걸지 마.
—Player_SIN : 다음 상대 제미니잖아.
—MON : 어쩌라고?
—Player_SIN : 오광태나 임성균이랑 붙게 될 가능성이 높은데, 신족 상대로 연습해야지?

그 말에 황병철은 멈칫했다.
사실이었다.
다음 경기에서 팀 제미니와 겨룬다. 황병철은 에이스 결정전에서 '광전사' 오광태를 만날지도 몰라 연습 중이었다.
오광태는 광전사라는 별명답게 매우 공격적이었다.
공격해도 될지 물러나야 할지 애매한 상황이면 무조건 공격해 버리는 성격의 소유자.
거기에 마법을 기막히게 잘 쓴다.
싸움이 붙었다 하면 대사제들이 삽시간에 온 화면을 전격으로 물들이곤 하는 것이었다.

'이 자식도 마법을 잘 쓰긴 하지.'

잘 쓴다 뿐인가? 아마 세계에서 가장 마법을 잘 쓸 것이다.

신지호와 치른 개인리그 결승전에서, 온 화면을 삽시간에 물들여 버린 전파방해는 아직도 두고두고 회자되고 있었다.

인간에게 가능할까 싶은 컨트롤까지 한 놈이니, 대사제의 전격 마법처럼 기본적인 컨트롤은 끝내주게 잘할 것이다.

─MON : 내 연습을 도와주겠다고?

─Player_SIN : 어.

─MON : 뭐 하러?

─Player_SIN : 괴물 대 신족전 연습 좀 해야 돼.

─MON : 괴물을 상대로 개사기 인류 놔두고 신족을 왜 골라? 미친놈이네 이거.

─Player_SIN : 하여간 할 거야 말 거야?

─MON : 방 만들어.

─Player_SIN : 맵.

─MON : 신성한 잔혼.

그렇게 두 사람의 게임이 시작되었다.

황병철은 그때까지도 그런 이신의 행각을 대수롭지 않게 여겼다.

'미친 새끼네. 괴물을 왜 신족으로 상대하려는 거야?'

괴물의 천적인 인류였다. 반면 신족은 그야말로 괴물에게 한 끼 식사거리였다.

왜 신족으로 괴물을 상대하는 연습이 필요한 건지 이해되지가 않았다.

천재의 사고방식은 이해하기 어려운 건가 싶을 뿐이었다.

'재수 없는 새끼.'

당연하게도 황병철은 몰랐다.

이신이 필요했던 연습이 괴물로 신족을 상대하는 법이라는 사실을.

그리고 자신이 이신에게 견본을 제공하고 있다는 사실을.

*   *   *

'역시 잘하는군.'

황병철은 장기 운영에 약했다.

하지만 초중반에 일격필살로 치고 들어오는 극단적인 러시는 위협적이었다.

계속 페이크(fake)를 걸어 상대를 현혹시키며 타이밍을 만들어낸다.

그러고는 허를 찌르듯이 목숨 걸고 덤벼들어 물어뜯는다.

황병철은 어찌 보면 가장 흥하기 힘든 타입의 프로게이머였다.

그냥 안정적인 운영으로 무난하게 이기는 타입보다 승수를 쌓기가 더 힘들다.

그런데 그런 스타일로 개인리그 우승까지 했으니, 황병철도 엄청난 재능의 소유자라는 뜻이었다.

'덕분에 좋은 참고 자료를 많이 얻는군.'

이신은 황병철과 한 게임을 할 때마다 리플레이 파일을 차곡차곡 저장해 놓았다.

나중에 천천히 보면서 운영이나 컨트롤 등을 살펴볼 생각이었다.

"누가 상대예요?"

그때, 어색한 한국말로 뒤에서 사나다 료가 물었다.

"황병철."

"오! 이단자!"

료는 눈을 빛내더니 은근슬쩍 말했다.

"저도 해보고 싶어요. 말 좀 해주세요."

이신은 잠시 생각을 해보더니, 자리를 비켜주었다.

"그것도 괜찮겠네. 여기 앉아서 나 대신해."

"그래도 돼요?"

"누가 플레이하는지 어떻게 알아? 아무튼 연습 상대만 해주면 되는 거야."

그리고 이신은 리플레이 파일만 있으면 된다.

이신과 사나다 료는 서로 번갈아가며 황병철과 싸웠다.

―MON : 뭐 이렇게 스타일이 휙휙 바뀌어?

황병철이 의문을 표했지만, 이신은 대꾸하지 않았다.

그렇게 황병철은 본의 아니게 올도어SCC를 위해 활약해 주었다.

제6장

가족들

JKT와의 일전을 앞두고 한창 훈련을 하고 있을 때였다.

위잉, 윙.

황병철이 제공해 준 리플레이 영상을 보며 괴물을 공부하고 있을 때, 구형 폴더폰이 요란하게 진동했다.

"형."

"왜?"

옆자리의 최환열이 물었다.

이신은 여전히 눈은 모니터를 향한 채 말했다.

"폰 배터리 좀 뽑아줘."

"오냐."

최환열은 구형 폴더폰을 집어 들었다. 그런데 무심코 발신자 이름을 보았는데, '어머니'라고 쓰여 있었다.

"야, 네 어머니인데?"

"뽑아."

"어머니 전화는 받아야지."

"있다가 내가 할 거야."

"여보세요. 안녕하세요, 이신 어머니. 전 최환열이라고 하는데, 신이가 지금 훈련 중이라서 제가 받았습니다."

"……?"

최환열이 멋대로 전화를 받아버리자 이신이 눈살을 찌푸렸다.

이신이 쏘아보거나 말거나 최환열은 웃으면서 말했다.

"아, 예, 예. 그렇게 전해주겠습니다. 에이, 별말씀을요."

그렇게 훈훈한 분위기 속에서 통화를 종료한 최환열.

게임을 일시 정지시킨 이신이 짜증을 냈다.

"뭔데?"

"너 내일 집에 오라신다."

"왜?"

"인마, 네 아버님 생신이시잖아."

"내일이?"

생각해 보니 이맘때쯤이었던 것 같긴 했다.

"부모님한테 그러는 거 아니다, 너."

"신경 꺼."

"애들은 내가 볼 테니까 다녀와."

"신경 꺼."

"다녀와, 인마."

더 말 섞고 싶지 않다는 듯, 이신은 게임을 재개시켰다.

그리고 다음 날.

이신과 제자들이 살고 있는 62평짜리 아파트에 아침 댓바람부터 손님이 찾아왔다.

"누구세요……."

주디가 졸린 눈으로 부스스 나와 인터폰을 받았다.

—주디?

"네, 누구세요?"

—안녕하세요. 저 신이의 친척 누나 되는 사람이에요.

그 말에 주디의 눈이 크게 떠졌다.

"채정아?"

—어머, 아세요?

"네, 얘기 많이 들었어요."

—어머, 신이가 제 얘기를 해요? 신기하네.

'감독님이 아니라 대사제 채팅방에서 들었지만요.'

아무튼 주디는 버튼을 눌러 아파트 현관문을 열어주었다.

잠시 후, 엘리베이터를 타고 채정아가 나타났다.

"안녕하세요."

공손하게 인사하는 주디.

채정아는 그런 주디를 귀여워 죽겠다는 듯이 바라보았다.

"이른 아침부터 미안해요. 신이는요?"

"아직 다 자고 있어요."

현재 시간은 아침 6시 30분. 아직 전부 자고 있을 때였다. 특히나 이신은 박영호와 일전에 예능을 찍으면서 치렀던 대결을 복기하다가 늦게 잠들었다.

"와, 집 좋다."

컴퓨터용 책상 4개가 배치되어 있는 깔끔한 거실을 보며 채정아는 감탄했다.

"주디 양은 저 때문에 깨신 거예요?"

"어차피 이제 아침 식사 차려야 할 시간이었어요."

"어머, 미안해라. 그럼 오늘 아침 식사는 제가 도와줄게요."

"네, 같이해요."

두 여자는 사이좋게 부엌에서 식사 준비를 하며 친분을 다졌다.

채정아가 이신의 어릴 적 이야기를 들려주자 주디는 지대한 관심을 가졌다.

그렇게 아침 식사 준비가 완료된 뒤에야, 존과 차이가 나왔고, 마지막으로 이신이 잠옷 차림으로 나왔다.

"푸훗, 잠옷 예쁘네?"

채정아가 웃음을 터뜨렸다.

이신은 도트 무늬가 잔뜩 들어간 요란한 잠옷 차림이었고, 심지어 수면 모자까지 쓰고 있었다.

"받은 거야."

두말할 필요도 없이 이신교에서 보낸 공물이었다.

이신교의 대사제들은 최근 잠옷이나 수면 안대, 수면 모자까지 코디의 영역을 넓혀갔다.

그 착용 사진을 주디가 몰래 찍어 보내주고 있다는 것은 대사제들만 아는 비밀이었다.

모두가 식탁에 도란도란 앉아 식사를 하려는데, 대뜸 이신이 말했다.

"안 가."

"……."

채정아가 왜 찾아왔는지를 아는 이신은 대화가 나오기도 전에 대뜸 결론을 내려 버렸다.

마음의 준비가 되기도 전에 기습을 당한 채정아는 정신을 가다듬고 말했다.

"흠흠, 그러니까……."

"안 간다고."

"야! 말 좀 하자!"

"……."

그제야 이신이 입을 다물자 채정아가 말했다.

"그냥 점심에 강남에서 점심 식사만 하면 돼. 집안사람들 다 모이는데 네가 안 가면 어떡해?"

"늘 안 갔어. 뭘 어떡해?"

"그래도 올해는 좀 가자."

"곧 경기야."

"야, 그래도. 외숙모한테 부탁받았단 말이야. 내가 꼭 데려가겠다고 그랬는데."

어머니가 언급되자 이신은 흠칫했다.

"외숙모도 네 경기 직접 와서 봤잖아. 너도 그 정도 성의는 보여줘라, 응?"

이신은 대답을 못 하고 망설였다.

확실히 어머니는 경기장에 와서 자신의 경기를 관람했다.

전과는 다르게 이신이 하는 일을 이해하고 받아들이려는 제스처를 취했다고 봐도 옳았다.

채정아는 이때다 싶어서 계속 꼬드겼다.

"별거 있니? 그냥 딱 점심만 먹고 오면 되는데."

"…알았어."

"아자!"

채정아는 주먹을 불끈 쥐고 환호했다.

*　　　　*　　　　*

"선물은 뭐 사갈 거야?"

"…선물?"

"야! 그럼 선물 안 사? 이 불효막심한 놈! 하여간 자식새끼 키워봐야 다 소용없다니까."

강남으로 향하는 롤스로이스 팬텀 안에서 채정아가 핀잔을 주었다.

이신은 곰곰이 생각해 보았다.

그냥 돈을 주는 편이 가장 쉽긴 한데, 워낙에 전통 있고 고결한 교육자 집안이다 보니 아버지는 돈으로 받는 선물을 싫어하셨다.

그러다가 문득 떠오르는 기억이 있었다.

"이거 아버지가 아끼시는 거잖아요."
"열심히 공부해서 성공하면 더 좋은 거 사주면 돼."

고등학교에 입학했을 때의 일이 떠올랐다.

아버지는 애지중지하는 만년필을 가지고 있었다.

펜촉의 모양이 사용자의 필체에 따라 변해 주인에게 딱 맞게 길들여진다는 이야기가 인상적이었더랬다.

고등학교에 입학한 날, 아버지는 그 만년필을 이신에게 선물해 주었다.

가격이 상당했기에 선물로 받은 후로 줄곧 애지중지하며 사용해 왔던 그 만년필을 말이다. 그리고 하신 말씀이, 그 만년필을 쓸 자격이 있는 사람이 되라는 것이었다.

그렇듯 아버지는 이신이 열심히 공부를 해 교육자의 길을 걷기를 기대했다. 워낙에 성적도 좋았던 이신이기에 더욱 기대가 컸다.

하지만 결국 이신은 공부 대신 게임을 택했고 오늘날에 이르렀다.

이신은 태블릿PC를 꺼내 인터넷 검색을 해본 뒤에 말했다.

"삼성동."

"예."

운전사 정상범은 삼성동으로 차를 몰았다.

삼성동의 수입 만년필 매장에 도착한 이신은 매장 여성 직원의 응대를 받았다.

"차, 찾으시는 것 있으세요?"

한동안 멍하니 이신을 쳐다보다가 뒤늦게야 정신을 차리고 물어보는 직원.

"만년필. 선물용으로."

"혹시 선물 받으시는 분이 어떤 브랜드를 즐겨 쓰는지는 모르시고요?"

"몽블랑."

이신은 이어서 툭 내뱉었다.

"가장 비싼 걸로."

"가장 비싼 거요?"

"예."

"어, 가장 비싼 거면……."

이윽고 직원이 안쪽에서 만년필이 포장된 케이스를 조심스럽게 꺼내 보여주었다.

"이건 몽블랑에서 한정판으로 나온 건데요, 옛날 르네상스 시대에 다빈치의 후원자였던 스포르차 밀라노 공작을 기리는 만년필로 특별 제작된 것으로……."

"줘보세요."

"아, 네."

여직원이 고급스러운 가죽 케이스에서 만년필을 꺼내 건네주었다.

만년필을 손에 쥐어본 이신은 슥슥 글씨를 쓰는 흉내를 내며 펜의 그립감과 무게 균형을 살펴보았다.

같은 브랜드 제품이라 그런지, 예전에 아버지로부터 선물 받았던 것과 비슷했다.

"포장해 주세요."

"네, 가격은 1,230만 원입니다."

여직원은 이신을 알아보았기 때문에 가격을 말하는 데 주저함이 없었다. 다만,

"힉!"

옆에서 잠자코 있던 채정아가 가격을 듣고 기겁을 했다.

이신은 잠자코 신용카드를 꺼내주었다.

그렇게 이신은 잘 포장된 선물을 들고 나왔다.

"무슨 펜이 그렇게 비싸대?"

"원래 비싼 건 비싸."

그 옛날, 아버지로부터 선물 받은 만년필의 제품명을 검색하다가 가격이 백만 원이 넘는 걸 본 적이 있었다.

비싼 물건이라고 생각하니, 공연히 샤프나 볼펜보다 쓰기 번거롭고 관리도 까다로운 그 만년필을 주구장창 썼던 기억이 난다.

그렇게 그 만년필로 공부를 열심히 한 끝에 명문대에 합격하고 대학원까지 나와서 교수가 되는 진로를 밟았다면, 전통 있는

교육자 집안의 아름다운 부자 이야기가 되었을 터였다.

시위였을까 아니면 지금의 자신을 봐달라는 메시지일까.

이신은 만년필 대신 마우스를 잡았지만, 아버지도 함부로 살 수 없는 만년필을 선물로 마련했다.

열심히 공부해서 성공하면 더 좋은 것을 사달라는 아버지의 말을 절반만 지킨 셈이었다.

*　　　　　*　　　　　*

"어? 형! 형 왔다!"

작은아버지의 아들인 사촌 동생 이창민이 벌떡 일어나 소리쳤다.

고등학교에 막 진학한 녀석인데, 이신과는 다른 의미로 공부와는 담을 쌓고 게임만 죽어라 한다는 녀석이었다.

레스토랑의 룸 안에는 이신의 일가족들이 두런두런 앉아 있었는데, 어린 나이대의 동생들은 남녀를 불문하고 이신을 동경의 눈초리로 바라보았다.

"왔니?"

어머니가 반색을 하고 반겼다.

"예."

이신은 어머니의 옆자리에 앉았다.

"요즘 한창 경기 치른다면서 안 바쁘고?"

"바쁩니다."

"에구, 그럼 시간 내기 힘들었겠네."

"괜찮아요."

그리고 이신은 아버지를 바라보았다.

눈이 마주치자 어색한 기류가 생겨났다.

"흠흠, 왔구나."

"예."

그때, 채정아가 냉큼 끼어들었다.

"외삼촌, 신이가 선물 사왔어요!"

"선물?"

아버지는 네가 웬일이냐는 눈으로 쳐다봤다. 도저히 믿을 수
가 없다는, 그동안 무슨 일이 있었던 거냐는 눈초리였다.

떨떠름해진 이신은 채정아의 재촉에 마지못해 선물을 아버지
에게 내밀었다.

몽블랑 정품 포장임을 한눈에 알아본 아버지. 늘 검소하게 살
았지만 딱 하나 만년필만은 좋아하는 아버지였기에 금세 선물에
빠져들었다.

"한 번 열어보세요."

채정아가 채근했다.

"허허, 그럴까?"

포장을 뜯자 고풍스러운 블루 보디에 금장이 수놓아진 우아
한 만년필의 자태가 드러났다.

아버지는 놀란 얼굴로 만년필을 보다가 이신을 쳐다봤다. 어떤
제품이고 어떤 값어치를 하고 있는지 한눈에 알아본 것이었다.

이신은 피하지 않고 아버지와 눈을 마주했다.

"…좋은 만년필이구나."

"예."

아마도 옛날의 일을 떠올렸는지, 아버지는 한동안 만년필을 만지며 감상에 젖은 얼굴이 되었다.

"팀 감독이 되었다지?"

"네."

"지금 한창 프로리그 중이겠구나."

"네."

"선수도 하고 감독도 하고?"

"맞아요."

"바쁠 때 왔구나."

"예."

"그래."

아버지는 씁쓸히 웃으며 이신의 어깨를 툭툭 쳤다.

프로게이머가 되겠다고 집 나간 이후로 처음 있는 일이라 이신은 깜짝 놀랐다.

"먹고 바로 가봐라. 맡은 일이 있으면 충실해야지."

"…네."

가슴 속에서 무언가 울컥 올라오는 감정이 있었다.

하지만 이신은 내색하지 않았고, 아버지도 더는 말이 없으셨다.

그 뒤로 두 사람은 식사 중에 한 번도 서로에게 말을 건네지 않았다. 하지만 그런 두 사람을 보는 어머니의 얼굴은 매우 밝았다.

그렇게 식사를 마치고 이신은 손목시계로 시간을 확인하다가 먼저 일어났다.

"먼저 일어나 보겠습니다."

"그래그래."

어머니가 대답했다.

이신은 친인척들에게도 인사를 한 뒤에 밖으로 나섰다.

그런데 누군가가 뒤따라 나왔다.

"형!"

쫓아 나온 사람은 사촌 동생 이창민이었다.

이신의 기억에 올해 고등학교에 입학한 것으로 알고 있었다.

"형, 잠깐 시간 있어?"

"없어."

짧은 대꾸와 함께 갈 길 가는 이신.

특유의 직설 화법에 잠시 당황해 사고가 정지된 이창민은 뒤늦게 정신을 차리고는 허둥지둥 쫓아왔다.

"잠깐만, 잠깐만! 오늘 주말이잖아!"

"프로게이머는 그런 거 없어."

"알았어, 그럼 갈 길 가면서 잠깐만 내 얘기 좀 들어주라."

"하지 마."

"……?"

"프로게이머 하지 말라고."

용건을 꺼내보지도 못하고 거절당한 이창민.

난생처음 겪는 묵직한 돌 직구에 또다시 사고가 일시 정지되어 버린 이창민이었다.

이신은 지하 주차장에 대기 중인 롤스로이스 팬텀을 타고 그렇게 유유히 사라졌다.

연습실에 출근한 이신은 바로 최환열에게 말했다.

"다른 팀이랑 연습 좀 하자."

"그래? 어디랑 할까?"

"1군에 괴물 애들 많은 팀이랑."

"잠깐만."

최환열은 바로 스마트폰을 꺼내 연락처를 뒤져 보았다.

그러다가 문득 말했다.

"화성전자 괜찮지?"

화성전자.

바로 황병철의 소속 팀이었다.

황병철뿐만 아니라 팀의 또 다른 신진 에이스로 떠오른 장기전 머신 신태호도 있었다.

괴물 플레이어로는 지난 2년간 꾸준히 주전 자리를 지킨 오창수가 있는데, 황병철과는 반대로 장기 운영에 능한 타입이었다.

"괜찮아."

이신이 고개를 끄덕였다.

최환열은 바로 화성전자 측에 전화를 걸었다. 그러고는 승낙을 받아내는 데 성공했는지 고개를 끄덕이며 엄지를 치켜세웠다.

"이리로 오겠대."

"잘됐네."

그런데 그로부터 10여 분쯤 뒤, 연습실에 웬 불청객이 찾아왔다.

"형!"

연습실에 울려 퍼지는 익숙한 목소리.

"신이 형!"

이신의 미간이 살짝 찌푸려졌다.

바로 사촌 동생 이창민이었던 것이다.

"너 부른다."

최환열이 옆구리를 툭툭 쳤다. 이신은 짜증 섞인 얼굴로 일어섰다.

"여긴 왜 왔어?"

"에이, 그렇게 매정하게 굴지 좀 마."

연습실의 선수들 시선이 쏠려 있었다. 다들 이신을 형이라고 부르며 나타난 이창민에게 주목을 하고 있었다.

"따라와."

이신은 이창민을 감독실로 데려갔다.

"와, 여기가 형 일하는 데야?"

"어."

"연습실 좋다. 이런 데서 하면 정말 게임할 맛이 나겠어. 근데 형 옆자리에 있던 사람 최환열이지? 와, 저 사람 개인방송도 자주 봤는데……."

이창민은 잔뜩 들떠서 이리저리 둘러보고 있었다.

"용건."

"아참, 형! 내가 고민이 좀 있는데 들어주면 안 될까?"

"말해."

"실은 내가 프로게이머가 되고 싶어서 형한테 상담을 좀 받아보려고."

"하고 싶으면 해보든가."

"에이, 그것도 어디 하고 싶다고 다 되는 건 아니잖아. 전문적으로 가르치는 학원이 있는 것도 아니고, 맨땅에 헤딩을 해야 하는데……."

이신은 그렇게 말하는 이창민의 심리가 이해되지 않았다.

하고 싶으면 하는 거지 왜 학원을 찾는단 말인가?

맨땅에 헤딩할 용기도 없으면서 왜 굳이 성공 아니면 실패인 이 길을 걸고 싶어 할까?

프로게이머로 성공한 사람들은 전부 남들이 하지 말라고 해도 뛰어들었다.

그리고 그중 상당수는 누가 전문적으로 가르친 것도 아닌데 이미 웬만한 프로 뺨치는 실력을 지니고 있어, 프로 팀들이 먼저 주목했었다.

최환열이 발굴한 이신이나, 이신이 제자로 삼은 주디, 존, 차이처럼 말이다.

진로 때문에 상담이 필요하다는 것은 본인도 확신이 잘 안 서

기 때문. 정말 하고 싶었다면 남들이 뜯어말려도 기어코 하고 말
았을 터였다.

또한 프로게이머가 되고 싶으면 매달 열리는 아마추어리그에
참가해 좋은 성적 내고 준프로 자격을 획득하면 된다.

이신은 이미 이창민이 e스포츠에서는 성공 못 할 타입임을 알
아보았다.

그래도 속단할 수는 없었다.

'아직 게임하는 것을 보지는 못했으니까.'

뭐라고 이야기를 시작할까 고민하고 있을 때였다.

위잉, 윙.

구형 폴더폰 특유의 요란한 진동 소리.

이신은 전화를 받아보았다.

"여보세요?"

—신이냐?

전화한 사람은 작은아버지. 바로 눈앞에 있는 이창민의 부친
이었다.

"예."

—창민이 그리로 갔지?

"예, 같이 있습니다."

—걔가 요즘 이상한 바람이 들어가서 자꾸 프로게이머 하고
싶다고 난리다.

"들었습니다."

—너처럼 성공하겠답시고 공부도 안 하고 학원 빼먹고 PC방

가고 그런다.

작은아버지는 나직이 한숨을 토했다.

—그런데 너처럼 어엿하게 성공한 케이스도 있으니까 마냥 하지 말라고 윽박지를 수만도 없고… 그런데 내가 보기에는 그냥 공부하기 싫어서 저러는 거거든.

"제가 보기에도 그렇습니다."

—그렇지? 그런데 어떻게 좀 잘 타이르든가, 정 아니면 정말로지 좋아하는 게임이라도 열심히 노력해서 프로게이머가 되든가했으면 좋겠다. 뭘 하든 좀 농땡이 피우지 말고 노력을 했으면 좋겠는데 걱정이다.

구구절절하게 고민을 토로하는 작은아버지.

그래도 아버지처럼 프로게이머를 마냥 배척하지는 않아서 좋았다.

아니, 어쩌면 이창민이 원채 공부도 안 하기 때문에 지푸라기라도 잡는 심정인지도 몰랐다.

세상 오래 살아본 어른은 한눈에 척 알아본다.

공부 외에 뭔가 다른 진로가 있어서 노력하고 있는지, 그냥 말만 앞세울 뿐 게으름을 피우는 것인지.

그냥 평소 생활 태도를 보면 커서 어떻게 될지 장래를 짐작하기가 어렵지 않은 것이었다.

—명문대 나와도 다 성공하는 게 아니라느니, 그런 헛소리나 찍찍 해대고. 어휴, 내가 이렇게 하루하루 늙는다. 저러다 나중에 취업 전선에 서고 나서야 뼈아프게 대가를 치르지……

그때, 가만히 듣고 있던 이신이 입을 열었다.

"지금 방학이죠?"

—어, 그렇지.

"그럼 일주일만 저한테 맡겨주시겠습니까?"

—그래도 되겠니?

"예, 저런 타입 많이 봤습니다. 그냥 한 번 해보라고 멍석을 깔아주면 현실을 알게 되겠죠."

—그래…… 그럼 일주일이 아니라 열흘이라도 상관없으니 부탁 좀 하마.

그렇게 통화가 끝났다.

"뭐래? 우리 아빠지?"

"어."

"나 프로게이머 해도 된대?"

"할 수 있으면 해봐."

"……"

"임시 연습생으로 팀에 넣어줄게. 짐 싸들고 와서 연습생들 숙소에 들어가."

"정말?"

반색을 하는 이창민.

"아싸! 그럼 나 당장 집에 다녀올게."

"택시 타고 당장 다녀와. 바로 숙소 들어가고 연습 시작할 거야."

이신은 지갑에서 5만 원짜리 지폐를 꺼내주었다.

"알았어! 고마워, 형!"

희희낙락해서는 쏜살같이 달려가는 이창민.

이신은 나직이 혀를 차고는 다시 연습실로 나가 훈련을 시작했다.

곧 있으면 저 실실거리는 웃음이 사라지게 될 터였다.

*　　　　*　　　　*

이창민이 옷가지를 싸들고 돌아왔을 때, 올도어SCC는 화성전자의 1, 2군 선수들과 친선 훈련을 하고 있었다.

PC방처럼 모든 자리에서 게임을 하고 있었는데, 이창민은 치열한 분위기 때문에 상당히 놀랐다.

'뭐야 이게?'

3판 2선승제의 다전제 방식으로 번갈아가며 연습 게임을 치르는 선수들. 지고 나면 머리를 싸쥐고 괴로워했고, 다 죽어가는 표정으로 바람 쐬러 나가는 선수도 있었다.

그 전투적인 공기 탓에 이창민은 압도되어서 덩달아 긴장을 하게 되었다.

때마침,

"수고하셨습니다."

"수고."

이신이 화성전자의 1군 오창수를 가뿐하게 격파하고 인사를 나눴다.

오창수의 썩은 얼굴 표정을 보니 이신의 압승이었다는 것을 어렵지 않게 알 수 있었다.

이신은 바로 이창민에게 까닥까닥 손짓했다.

이창민이 쏜살같이 달려갔다.

"어, 형."

"종족 뭐야?"

"나 괴물."

나쁘지 않았다.

이신은 같은 팀의 괴물 플레이어 유진영을 가리켰다.

"지금은 네 자리 없어. 진영이 쫓아다니면서 뒤에서 플레이하는 거 지켜봐."

"응, 알았어. 근데 난 황병철이 더 좋던데."

이창민은 황병철의 팬이었다.

"황병철은 참고가 안 돼."

"쳇, 알았어."

"노트랑 펜 있어?"

"응? 어, 있어."

"그걸로 요약 정리해."

"…뭐?"

"진영이가 치르는 게임을 다 보고 전부 요약·정리하라고."

이창민은 당황했다.

이것은 흡사 수업 듣고 요점 정리하는 것 같지 않은가.

"그럼 멀뚱히 구경이나 하려고 했어?"

"아, 알았어."

이창민은 유진영에게 다가가 조심스럽게 말을 걸어 양해를 구했다.

이신을 슥 본 유진영은 다행히도 쾌히 승낙했다.

연습이 다 그렇지만, 유진영은 화성전자의 1, 2군을 상대로 싸우면서 대부분은 이기고 때때로 졌다.

이길 때는 기쁨을 표현하지 않고 절도 있게 다음 게임을 준비했지만, 졌을 때는 리플레이 파일을 보면서 왜 졌는지는 파악하고 PC 메모장에 짤막하게 기록했다.

그제야 이창민은 이신이 자신에게만 이런 일을 시킨 게 아님을 깨달았다.

올도어SCC의 선수들은 전원이 이러한 방식으로 훈련을 하고 있었던 것이다.

주입식 암기 교육을 숭상하는 이신이 도입한 훈련법이었다.

이창민은 정리를 제대로 못 하고 헤맸다.

유진영은 조금의 힌트만 갖고도 바로 파악한 상대방의 빌드 오더를 이창민은 알아차리지 못한 것이다.

'아 씨, 나도 온라인에서 B등급은 되는데……'

프로게이머가 되겠다고 큰 소리를 칠 수 있었던 이유 중 하나는, 이창민이 온라인에서는 꽤나 잘하는 편이었기 때문이었다. 친구들 사이에서는 지는 법이 없었다.

하지만 프로의 세계에서는 부질없는 이야기였다.

가끔씩 이신이 불러서 정리한 내용을 검사했다.

"뭐가 이렇게 괴발개발이야?"

"아, 그게 정신이 없어서……."

"나중에 리플레이를 보고 전부 다시 정리해."

"저, 전부?"

"싫으면 집에 가."

"아, 알았어, 할게."

"그리고."

"응?"

"여긴 재능 없는 것도 죄야. 명심해 둬."

"……."

이창민은 기가 질려 버렸다.

그렇게 그의 연습생 첫날이 지나갔다.

연습생들의 숙소에서 묵게 된 이창민은 다음 날 연습실에 출근했을 때 표정이 한층 밝았다.

그 짧은 틈에 연습생들과 친해진 모양이었다.

하지만 하루 종일 계속되는 훈련 일정 속에서 이창민은 쉽사리 지쳐 갔다. 게임을 했다 하면 거의 대부분 져 버리니 정신적으로도 편할 리 없었다.

숙소에서 친해져 웃고 떠들던 또래의 연습생들이 게임상에서 만나자 괴물들로 돌변했다.

하나같이 미친 듯이 잘했다. 그런데 그렇게 잘하는 연습생들이 은퇴한 지 꽤 된 수석코치 최환열조차 이기지 못했다.

"진짜 보이지 않는 벽이 있어."

"계란으로 바위 치기지."

"진짜 일류들은 일류들의 감각이 있나 봐."

"수석코치님은 은퇴한 뒤에도 개인방송 하면서 게임을 손 놓지 않았잖아."

듣자하니 연습생들은 1군으로 올라가려면 무언가 각성을 해야 한다고 했다.

그 무언가가 뭔지는 아무도 모르는데, 정말 그걸 한 번 각성했던 사람과는 하늘과 땅처럼 차이가 나서 죽었다 깨어나도 이길 수가 없다는 것이었다.

연습생 생활을 체험하면서 이창민은 현실을 느꼈다.

연습생들이 죽어도 뚫지 못하는 1군의 벽.

게임 좀 한다는 사람들이 전부 모여서, 그중에서도 유독 특출한 천재들이 1군으로 올라갔다.

'아, 신이 형은 대체 얼마나 대단한 거야?'

그런 천재들조차 신이라 부르는 이신이 경이롭게 느껴졌다.

특히나 인류는 물론이고 때때로 신족과 괴물도 골라 사용하며 1군들을 흠씬 두들겨 패는 광경을 볼 때면 저게 사람인가 싶어 욕이 나왔다.

결국,

"형, 나 집에 돌아갈게."

"포기했어?"

"응, 여기서 죽자 살자 훈련받으니까 더 이상 게임이 재미있지도 않고, 그냥 공부가 나을 것 같아."

"잘 생각했어."

"그래도 좋은 경험이었어. 선수들이 얼마나 대단한지 체험해 보니까 더 e스포츠가 좋아졌어."

이신은 피식 웃었다. 이창민도 씨익 웃으면서 작별을 고했다.

그날 저녁, 이신은 작은아버지로부터 고맙다는 전화를 받았다.

이창민이 마음잡고 다시 학원을 다니기로 했다는 것이었다.

제7장

분투

마침내 기다렸던 빅 매치가 성사되었다.

이신과 제자들을 필두로 한창 떠오르는 올도어SCC.

그리고 철벽괴물 박영호가 버티고 있는 작년 준우승 팀 JKT.

두 팀의 대결은 인류 제국과 괴물 제국의 전면전이라 일컬어
졌다.

올도어SCC는 세계 e스포츠의 신으로 군림한 이신을 필두로
주디, 차이, 존 등 세 제자가 모두 1군에 군림하는 엄청난 인류
라인업을 자랑했다.

심지어 은퇴한 레전드 인류 플레이어였던 최환열조차 수석코
치로 기용하면서, 그야말로 인류 제국이라는 별칭이 아깝지 않
을 지경이었다.

반면 JKT는 오래전부터 괴물의 강세라는 뚜렷한 팀 컬러를 가지고 있었다.

때문에 괴물 종족 특유의 공격성을 좋아하는 골수팬을 많이 거느리고 있는 전통의 강팀이었다.

그 괴물 제국을 떠받드는 기둥은 철벽괴물 박영호.

또한 지난 개인리그에서 16강에 진출했던 진철환도 제 역할을 다해주고 있었다.

그리고 놀랍게도 27세의 베테랑 프로게이머 오성준이 부활의 기지개를 켰다.

통산 개인리그 우승 2회, 월드 SC 그랑프리 동메달 2회.

그런 엄청난 커리어를 쌓은 오성준은 작년까지만 해도 나이가 들어서인지 부진을 면치 못했다. 하지만 작년 중순에 공군 프로팀에서 제대하고 친정팀인 JKT로 돌아오고부터 다시 놀라운 모습을 팬들에게 보여주기 시작했다.

물론 내로라하는 후배 선수들이 많아 출전 기회가 별로 없었지만, 깜짝 카드로 출전했을 때 엔트리 전략이 빗나가는 바람에 하필이면 최영준과 맞붙게 되었다.

그런데 놀랍게도 오성준은 광기신족 최영준을 꺾는 파란을 일으켰다.

그때를 기점으로 그를 좋아하고 응원했던 올드 팬들이 돌아왔고, 자신감을 얻은 오성준은 2021년에 주전으로 다시 나타나 준수한 활약을 펼치고 있었다.

이신에 이어 오성준의 부활.

이러다 최환열도 현역에 복귀하는 거 아니냐는 우스갯소리까지 나올 지경이었다.

*   *   *

선수 대기실.

190㎝의 장신에 체격도 매우 좋은 거구의 오성준은 오늘따라 유독 과묵했다.

신인 시절부터 줄곧 사용해 온 기계식 키보드를 청소할 뿐이었다.

키 캡을 뽑아 내부 먼지를 털어내는 이 일련의 행동은 그의 징크스와 같았다.

원채 키보드 마니아였던 그는 자기가 직접 커스텀해서 만든 이 기계식 키보드를 애지중지했고, 이 키보드의 내부가 깔끔해야 게임이 잘 풀리는 기분이 들었던 것이다.

"형, 뭐 함?"

박영호가 불쑥 안으로 들어와서 말을 걸었다.

"엔트리는?"

"아직 안 나왔음."

"대체 언제 나오는 거야, 젠장."

"어쩔 수 없잖아. 그놈의 불법 배팅이 뭔지."

본래는 며칠 전에 양 팀의 엔트리가 공개되곤 했다.

그러면 상대를 미리 알고서 맞춤 전략을 구상하여, 치열한 두

뇌싸움이 되는 것이다.

하지만 불법 배팅 사이트를 운영하는 기생충들이 e스포츠 경기를 배팅 종목으로 이용하면서 그러한 e스포츠 풍토에 큰 제약을 가하였다.

배팅 방지를 위해 경기 직전까지 엔트리를 공개하지 않게 된 것.

결국 미리 짜놓은 치밀한 전략을 가지고 싸우던 지략가형 프로게이머들이 몰락했고, 기본기와 정석 위주의 프로게이머들이 득세했다.

당연히 비슷한 양상의 경기들이 반복되기 일쑤였다. 사전 준비도 없이 특색 있는 전략을 즉흥적으로 구사하기란 매우 힘들기 때문이었다.

"누구랑 붙었으면 좋겠어?"

박영호가 은근히 물었다. 오성준은 한 치의 망설임도 없이 말했다.

"팀의 승리를 위해서는 내가 유진영과 붙는 편이 좋겠지."

괴물 대 괴물전은 대게 일찍 승부가 끝나 버리고, 컨트롤이 많은 부분을 좌우하기 때문에 오성준이 가장 강력할 수 있는 싸움이었다.

"에이, 누구랑 붙고 싶냐고."

"…이신."

"오, 진짜?"

"……."

오성준은 더는 입을 열지 않고 말을 아꼈다.

한국 e스포츠 역사에서 적수가 없는 최강자로 군림했던 선수를 논할 때, 오성준은 절대로 빠지지 않는다.

대다수의 네티즌이 논하는 1대 최강자는 최환열.

개인리그 우승 3회, 준우승 2회, 월드 SC 그랑프리 은메달, 동메달 획득 등 세계가 알아주는 최환열은 몰락한 한국 e스포츠의 희망의 등불이 되어주었다.

또한 괴물을 상대하는 인류의 전략 상당수를 정립하여서, 인류를 진정한 괴물의 천적으로 만드는 데 큰 공헌을 했다.

그런 최환열을 권좌에서 몰아내며 등장한 것이 바로 오성준이었다.

개인리그 우승 2회, 준우승 1회, 월드 SC 그랑프리 동메달 2회 획득.

인류에게 맥을 못 추던 괴물에게 오성준은 구원자나 다름없었다.

인류 플레이어들이 득세하던 시절, 혼자서만 인류를 연파하던 괴물 플레이어가 바로 오성준.

그는 끝내 최환열까지 꺾고서 2대 최강자로 군림하게 되었고, 인류를 상대하는 괴물의 전략·전술을 정립하는 데 큰 공헌을 했다.

괴신.

괴물의 신의 줄임말로, 오성준의 이름 앞에 붙은 수식어가 되었다.

오성준은 극단적으로 공격적인 운영을 펼쳤지만, 목숨을 걸고 덤비는 황병철과 달리 자잘한 견제 플레이로 운영상의 이득을 취하는 스타일을 가졌다.

끊임없는 견제로 계속 데미지를 입혀 끝내 인류의 거인 최환열마저 녹다운시킨 것이었다.

그 뒤로도 오성준은 최환열과 최고의 자리를 놓고 다투며 라이벌 구도를 형성했지만, 그 양상은 뜬금없이 나타난 신인 한 명에 의해 무너져 버렸다.

바로 이신.

최환열과 오성준, 둘 중 누가 과연 우승패를 거머쥘 것인지가 주목되었던 개인리그가 갑자기 첫 출전한 신인에 의해 평정되었다.

모두가 충격을 받았다.

그 신인은 최환열과 싸우고 오성준과도 싸웠는데, 우승에 이르기까지 단 한 세트도 지지 않았다.

그 경이적인 포스는 최환열과 오성준을 전부 옛날이야기로 만들기에 충분했다.

오성준은 승부욕이 강했다.

자신의 전성기가 다 지나간 추억으로 회자되는 것이 용납되지 않았다. 오성준은 다시 최강자의 자리를 되찾고자 끊임없이 이신에게 덤볐다.

그 결과 0승 9패라는 처참한 전적이 오성준에게 주어졌다.

이신은 강해도 너무 강했다.

그의 대적자인 황병철까지 나타나면서, 오성준은 완전히 톱클래스의 일선에서 밀려나 버렸다.

아이러니한 사실은, 바로 견제 위주의 공격적인 이신의 스타일이 오성준에게서 영감을 받았다는 것이었다.

최환열의 단단한 진용을 분쇄시켜 나가는 오성준의 폭풍 견제를 보면서, 이신은 인류도 저렇게 플레이하지 못하나 고민하게 되었던 것.

그 결과는 사상 최고의 공격 템포를 자랑하는 인류 플레이어 이신으로 나타났다.

'정말 이겨 보고 싶다.'

오성준에게 이신은 넘고 싶은 벽이었다.

공군 프로 팀에 함께 있을 때도, 오성준은 연습 게임을 하면서 끊임없이 이신에게 도전했었다.

이신이 손목을 다쳐 은퇴했을 때 오성준은 누구보다도 서글프게 울었다. 그 뒤로는 의욕을 잃은 채 차츰 프로게이머의 삶을 정리해 나가고 있었다.

하지만 이신의 부활은 은퇴를 오래전부터 결심했던 오성준을 붙잡았다.

다시 한 번 붙고 싶었다.

너무나 강했던 예전 모습 그대로 돌아온 이신을 꼭 한 번 이겨보고 싶었다.

하지만 JKT 입장에서 오성준과 이신이 만나는 건 최악의 매치였다.

차라리 이신을 상대로 이길 가능성이 어느 정도 있는 박영호가 나왔다.

그런데 그때, JKT의 최용훈 감독이 선수 대기실에 나타났다.

최용훈 감독의 표정은 좋지 않았다.

"엔트리가 나왔다."

오성준은 기대 어린 눈길로 최용훈 감독의 손에 들려 있는 A4 용지를 바라보았다.

'제발, 이신! 이신이기를.'

"먼저 1세트, 불모지는……."

오성준은 두 손을 모으고 기도했다.

오성준은 바로 1세트에 출전을 한다.

최용훈 감독은 한숨을 쉬었다.

"성준아."

"예?"

"이신 이길 수 있겠냐?"

모두의 눈이 크게 떠졌다.

"이, 이신이요?"

오성준의 목소리가 떨렸다.

"그놈이 아예 작정을 했는지 괴물 맵인 불모지에 나왔다."

1세트 맵 불모지.

괴물에게 매우 유리한 맵으로, 올도어SCC로서는 이 맵에 출전시킬 선수가 마땅치 않았다.

신족을 내자니 그냥 지자는 뜻.

그렇다고 괴물인 유진영을 내자니, 오성준과 박영호 등 유진영보다 괴물 대 괴물전에 능한 선수가 JKT에 둘이나 있었다.

그래서 낸 선수가 바로 비장의 카드인 이신.

어떤 맵에서 누구와 싸우든 이긴다는 확신이 있는 에이스였다.

"이길 수 있습니다."

오성준은 흥분을 억누르며 말했다.

"제가 반드시 이길 겁니다."

신께 감사했다.

신께서 마지막 기회를 주셨다.

맵도 볼모지로 안성맞춤! 그야말로 한 번 이겨보라고 운명이 오성준에게 웃어주고 있는 것이었다.

오성준은 그렇게 생각했다.

*　　　　　*　　　　　*

—여러분, 오랜 시간을 기다리셨습니다! 이 두 선수가 또 만났습니다! 다시는 만날 수 없을 거라고 생각했던 매치가 성사되었어요.

—그렇습니다. 괴신 오성준! 그리고 게임의 신 이신! 정말 3년 전으로 타임 슬립을 한 것 같은 풍경입니다!

—하하하, 그렇습니다. 오성준 선수의 인터뷰가 인상적이었지요?

—예, 이신 선수와 만나게 해주어서 신께 감사한다고 했지요. 정말 한국 e스포츠 역사에서 빼놓을 수 없는 주역인 오성준 선수인데요, 그런 오성준 선수에게 이신은 정말 넘고 싶은 벽이었거든요!

　—예, 이신 선수에 대한 원한이 매우 깊은 오성준 선수입니다. 최강자의 자리에서 끌어내린 장본인이 바로 이신이거든요! 오늘 마침내 설욕을 할 수 있을지 기대됩니다.

　—하하하, 그렇다고 두 선수의 사이를 오해하시면 곤란합니다. 공군 프로 팀에 함께 있을 때도 절친했고, 사적으로도 좋은 선후배 관계였다고 합니다.

　—에이, 그거야 당연하죠! 하지만 승부의 세계는 냉정한 법. 이신 선수라고 '성준이 형 안됐는데 한 번 져 줄까?' 하지는 않거든요!

　—아유, 그러기는커녕 더 화려하게 이기고 싶어서 안달인 선수죠, 이신 선수는.

　해설진의 목소리가 첫 세트부터 매우 흥분된 가운데, 경기장의 분위기도 소란스러웠다.

　"이신 파이팅!"

　"신 오빠 이겨라!"

　"카이저! 카이저!"

　"성준이 형 짱 드셈!"

　"오성준 파이팅!"

이신교의 광신도들과 오성준의 올드팬들이 고래고래 소리를 지르며 광란을 일으켰다.

특히 오성준의 올드팬들은 이신에 대해 감정이 매우 좋지 않았다. 오성준을 매번 만날 때마다 한 번도 안 지고 짓밟아 버린 철천지원수였기 때문.

그런데……

―Kaiser : 랜덤

―Krazy : 괴물

―맵 : 불모지

오성준은 종족을 골랐는데, 이신은 여전히 랜덤(random) 상태였다.

―Observer : 경기 시작하겠습니다. 모두 준비되셨나요?

―Kaiser : go.

―Krazy : go.

두 선수 모두 준비되었다고 어필했다.

게임을 중계하는 옵서버는 당황할 수밖에 없었다.

이신은 지금 종족을 고르지 않았기 때문이었다.

그런데 계속 준비가 되었다고 'go'를 치니……

이신도 실수를 할 때가 있구나 하고 옵서버는 생각했다. 그래서 말했다.

—Observer : 이신 선수, 종족을 선택해 주세요.

그리고 이신은,

—Kaiser : go.

단호하게 go 사인을 계속 내리고 있었다.

＊　　　　＊　　　　＊

—랜덤?

해설위원 정승태가 의문을 표했다. 캐스터 이병철도 목소리를
높였다.

—지금 이신 선수가 종족 선택을 하지 않았습니다. 그런데 본
인은 준비가 됐다고 하는데요. 실수인가요, 아니면 정말 랜덤이
라는 겁니까?

이신은 이런 실수를 할 사람이 아니었기에 더욱 의문스러웠
다.

"뭐야?"

"헐, 정말 랜덤 하겠다는 거 아냐?"

"인류도 신족도 할 줄 아는데 랜덤 왜 못 해?"

"괴물 걸리면 어쩌고?"

관객석도 술렁였다.

이신이 논란에 종지부를 찍었다.

—Kaiser : 랜덤 맞습니다.

명확한 의사표현.

오해의 여지가 없이 분명한 랜덤이었다.

"오오오오!"

"진짜 랜덤이래."

"대박!"

관객들이 환호와 경악과 비명으로 반응을 했다.

—와 진짜! 랜덤이랍니다!

—어떤 종족 걸리든 상관없다는 뜻입니까, 이신 선수!

—물론 이신 선수는 인류도 잘하고 신족도 잘합니다. 물론 인류를 더 잘할 테지만, 이 불모지 맵에서는 오히려 신족이 더 나을 수도 있죠. 아무튼 뭐가 걸리든 다 준비한 전략이 있으니, 랜덤으로 오성준 선수를 시작부터 혼란스럽게 만들겠다는 뜻으로 보입니다.

—그러다 괴물 걸리면요? 3분의 1 확률로 괴물 걸릴 수도 있는 것 아닙니까!

—말 그대로 3분의 1이죠. 그걸 감수해서라도 랜덤의 이점을 취하겠다는 뜻으로 보입니다. 게임이 시작되고서 정찰을 갈 때까

지 상대가 어떤 종족인지조차 모른다는 건 정말 큰 부담이거든요!

—아, 그렇죠! 종족도 모르는데 직접 눈으로 볼 때까지 머릿속으로 정리를 할 수 없다는 뜻이잖습니까!

"…진짜, 저게 인간 맞아?"

JKT의 벤치.

박영호가 기가 찬다는 듯이 중얼거렸다.

최용훈 감독의 표정도 좋지 않았다.

"랜덤이라니… 뭐 저런 괴물이 다 있지?"

종족 하나 잘하기도 힘들다. 그런데 인류에 신족까지 잘한다는 건 대체 얼마나 신의 축복을 받았다는 뜻인가!

"근데 진짜 괴물 걸리면 어쩌려는 걸까요?"

박영호가 물었다.

최용훈 감독은 어깨를 으쓱했다.

"어쩌긴. 괴물 걸려도 뭔가 준비한 깜짝 전략이 하나 있겠지."

부스 안에서 게임에 임하는 오성준은 물론, JKT 벤치 전체를 당혹하게 만들었다.

그만큼 충격적인 퍼포먼스였다.

단순히 오성준을 교란시키는 작전 이상의 의미가 숨겨져 있었다.

난 무엇이든 할 수 있다.

어디 내가 어떤 전략을 준비해 왔는지 추측하고 대비해 봐라.

그게 가능하다면!

그것은 모든 팀에게 보내는 도발이었다.

앞으로 프로 팀들은 올도어SCC와 싸우게 될 때 더더욱 이신에 대한 대책을 짜기가 힘들어지는 것이었다.

'만약에……'

최용훈 감독의 머릿속에 불길함이 스쳤다.

'괴물까지 잘하면 어쩌지?'

그건 정말 악몽일 터였다.

＊　　　　＊　　　　＊

'대체 뭘 하려는 거지?'

오성준의 표정은 좋지 않았다.

괴물 맵인 불모지에서의 복수전. 그간 이신을 한 번도 이겨보지 못했던 오성준에게 신께서 내린 기회라고 생각했다.

하지만 역시나 이신은 그렇게 성격 좋은 상대가 아니었다.

이신의 인류를 상대로 다시 도전해 보고팠던 오성준에게 '랜덤'을 들이밀었다.

어떤 종족으로 뭘 할지 모르는 이상, 오성준은 그때그때 정찰로 파악해 가며 즉흥적인 판단으로 게임을 이끌어가야 한다.

'침착하자.'

오성준은 마음을 가라앉혔다.

'12앞마당으로 시작하자.'

12번째 일벌레로 앞마당에 부화실을 펼치는 빌드 오더였다.

상대가 어떤 종족이든 보편적으로 쓰이곤 했다.

그런데 12번째 일벌레가 부화실을 짓기 위해 앞마당으로 향했을 때였다.

신족의 생산 유닛, 신도가 나타났다.

'신족이구나!'

비로소 오성준의 마음이 조금 편안해졌다.

하지만 짜증 나는 일이 지금부터 시작되었다.

일벌레가 부화실 건물로 변신하려고 하면 신도가 잽싸게 달라붙어 방해하는 것이었다.

공격을 하니 살짝 물러나면서 반격했다. 신도의 공격 사거리 2칸을 응용한 초미세 컨트롤을 아무렇지 않게 펼치는 이신이었다.

'이 녀석이!'

오성준은 본진에서 일하던 일벌레를 또 하나 데려왔다.

한 마리는 신도와 싸우고, 그 틈에 다른 한 마리를 부화실로 변신시키겠다는 의도였다.

하지만 2마리의 일벌레가 공격해도 빙글빙글 돌며 요리조리 피해 다녔다. 그리고는 일벌레 하나가 부화실로 변신하려 들면 얄밉게 찰싹 붙어 훼방을 놓았다.

그렇게 부화실 짓는 걸 5차례쯤 방해받자 오성준은 스트레스를 받았다.

급기야,

'크윽!'

놀랍게도 이신의 신도는 요리조리 도망 다니면서도 계속 2칸 거리에서 공격을 넣어 일벌레의 체력을 다 닳게 만들었다.

오성준은 즉시 체력이 다 닳은 일벌레를 본진으로 대피시켰다.

신도가 그 일벌레를 죽이려고 쫓아가면, 그 틈에 다른 일벌레로 부화실을 만들 생각이었다.

그런데,

파아앗!

신도는 부화실을 지어야 할 위치에 생명석(신족의 건물, 제한 인구수를 늘린다)을 소환해 버렸다. 그러고는 도망가는 일벌레를 쫓아갔다.

―키엑!

집요하게 쫓아간 끝에 기어코 일벌레를 죽이는 데 성공!

'⋯⋯!!'

오성준의 멘탈이 크게 흔들렸다.

결국 오성준은 일벌레를 다른 지역에 보내 확장기지를 건설하기 시작했지만, 시간이 너무 크게 지체되었다.

게다가 시작부터 귀한 일벌레를 1마리 잃는 피해까지.

심지어 오성준이 포기하니 소환하던 생명석까지 취소해 절반의 자원을 환불받아 버리는 이신.

실로 악랄한 신도의 견제 플레이. 그야말로 악마의 신도였다.

＊　　　＊　　　＊

―아, 정말 악랄한 견제입니다! 저 신도 하나가 지금 얼마나 큰 이득을 취한 겁니까!

―일꾼 하나 죽이고 12앞마당 빌드를 하는 괴물에게 앞마당 가져가는 타이밍을 엄청 늦췄죠. 반면 이신 선수는 제련실을 짓고 바로 앞마당 확장 기지를 가져갔습니다. 아주 순조롭죠.

―오성준 선수 바퀴 6마리를 생산했는데요, 이신 선수의 진영으로 뜁니다!

―하지만 그것마저도 정찰 들어간 신도가 훤히 봤습니다. 대체 저 신도 하나로 얼마나 큰 이득을 거두는 건가요?!

―이거 오성준 선수의 멘탈이 크게 흔들리겠는데요. 게임 시작부터 랜덤을 골라서 골머리 썩게 만들더니, 신도가……!

―그게 이신 선수의 견제죠. 사람 질릴 때까지 계속 괴롭힙니다.

오성준의 바퀴 6마리가 당도했을 때, 이미 이신의 앞마당은 제련실, 참회실, 생명석 등으로 심시티가 되어 있었고, 뒤에 캐논포도 하나 지어져 방어가 완성된 뒤였다.

오성준과 달리 이신은 신도로 계속 괴롭히는 와중에도 할 것을 다 했기 때문이었다.

이신은 소환관문에서 비행 유닛인 사략기를 생산하고, 로봇공학실에서 철갑충차를 생산했다.

사략기와 철갑충자의 조합으로 오성준을 상대하기로 결심한 것이었다.

시작은 사략기였다.

사략기가 날아다니며 하늘군주 2마리를 사냥했다.

사략기를 본 오성준은 곧장 자신의 체제를 독침충으로 결정했다.

6개의 부화실이 독침충을 쏟아내기 시작했다.

대량의 독침충이 지키고 있으면 대지 공격이 불가능한 사략기나 철갑충차를 태운 수송기가 한순간에 격추시킬 수 있기 때문이었다.

—승부는 이제부터입니다! 오성준 선수가 초반의 견제로 입은 피해를 극복하고 사방에 확장 기지를 가져간 상태! 이신 선수 역시 확장 기지를 충분히 가져가서 자원은 많이 먹고 있지만, 독침충 물량이 감당 안 될 정도로 쏟아져 나오는 걸 방지하려면 이제 활약을 해야 해요!

—사략기의 전파방해 스킬까지 개발을 완료한 이신 선수인데요, 전파방패로 독침충을 공격 못 하게 하고 철갑충차로 학살할 생각이죠?

—예, 일전에 신지호 선수와의 결승전 때도 화면을 가득 메우는 엄청난 전파방해 스킬 난사를 보여준 바 있는 이신 선수입니다.

—자칫 잘못하면 사략기랑 철갑충차 태운 수송기나 깡그리 잃을 수 있는 아슬아슬한 싸움 아닙니까?

—예, 하지만 그런 아슬아슬한 위험을 감수한 고도의 컨트롤

플레이가 또 이신 선수의 장기입니다! 허무한 결말이나 대단한 혈전이나 둘 중 하나가 될 겁니다!!

―이신 선수, 갑니다!

이신이 사략기 한 부대와 철갑충차 2기를 태운 수송선을 이끌고 움직였다.

하지만 오성준은 사방에 바퀴를 흩뿌려놓아서 맵 장악을 완벽하게 한 상태!

이신의 움직임을 곧바로 파악하고 독침충 대군을 적재적소에 배치했다.

―오성준 선수의 병력 움직임이 아주 좋죠!

―예, 오늘 정말 벼르고 별렀습니다, 오성준 선수! 게임 시작부터 초반 일꾼 견제까지 갖가지로 당했지만, 끝내 이기면 승자가 되는 거거든요!

이신이 향하는 오성준의 확장 기지에 독침충들이 도사렸다.

뿐만 아니라 약간 떨어진 곳에 폭탄충 편대가 대기 중.

앞에서 독침충이, 뒤에서 폭탄충이 덮쳐서 싸먹는 그림을 그리는 오성준이었다.

아슬아슬한 순간.

자칫 잘못하면 사략기를 대량으로 잃으며, 최악의 경우 수송기를 잃고 만다.

무엇보다도 값비싼 핵심 전력인 철갑충차 2기가 실린 수송선만은 지켜야 했다.

마침내 이신이 당도한 순간, 독침충들이 달려들어 독침을 발사했다.

휙.

곧바로 U턴을 한 이신의 놀라운 반사 신경!

그런데 폭탄충들이 일제히 날아들었다. 수송기와 함께 자폭할 요량이었다.

수송기가 절묘하게 곡예비행을 하며 폭탄충들을 유인했다.

요리조리 피해 다니는 사이, 폭탄충들을 사략기가 전부 사살해 버렸다.

"와!!"

"오오오!!"

경기장에서 탄성이 터져 나왔다. 하지만 진짜 곡예는 지금부터였다.

반시계방향으로 우회 비행한 이신의 편대.

오성준의 확장 기지 반대편에서 수송기가 철갑충차 2기를 드롭했다.

폭탄충의 기습 실패로 독이 오른 오성준의 독침충들이 벌 떼처럼 달려들었다.

그 순간, 이신의 손이 번개처럼 움직였다.

─파파파파파파팟!

사략기들이 일제히 전파방해를 펼쳤다.

전파방해의 하얀 그물망이 화면을 온통 눈부시게 수놓았다.

"와아아아아!!"

"이신! 이신!"

사락기 하나하나로 일일이 전파방해를 펼치는 작업이 순식간에 이루어진 것이었다.

전파방해의 그물망 속에서 독침충들은 공격이 불가능해졌다.

전파방해의 효과가 살아 있는 생명체의 판단력에도 영향이 가기 때문이었다.

그 틈에 철갑충차들이 충격탄을 발사했다.

타깃을 추적하는 인공지능이 있는 충격탄이 독침충 무리에게 날아가 폭발했다.

—퍼어어엉! 퍼어엉!

—키에엑!

—키에엑!

독침충들이 일제히 피떡이 되어 한 움큼씩 죽어나갔다.

—드디어 시작되었습니다!! 신의 컨트롤 쇼입니다!

—정말 신의 손입니다! 신이라서 손에 네 개쯤 달린 건가요?! 왜 저렇게 빠릅니까!

비명 같은 해설진의 외침 속에서, 이신의 컨트롤이 또다시 펼쳐졌다.

—퍼퍼퍼퍼펑!

전파방해를 피해 우회해서 온 독침충들을 또다시 사락기들이 전파방해로 환영해 주었다.

그리고 연이어 날아드는 철갑충차들의 충격탄!

—퍼어엉! 퍼어어엉!

—키에엑!

―키에엑!

―키엑!

교전 끝에 전혀 피해를 못 입히고 절반에 달하는 독침충을 잃은 오성준.

이신의 학살이 시작되었다.

철갑충차가 충격탄으로 확장 기지를 쑥대밭으로 만들었고, 사략기들은 하늘을 누비며 지원했다. 그 와중에 따로 빼놓은 사략기 3기는 다른 방면에서 유유히 다니며 하늘군주를 사냥하고 있었다.

―정신이 하나도 없습니다! 사방팔방에서 오성준 선수가 고통받고 있어요! 오성준 선수, 쫓아가질 못합니다! 어디 한 곳 지켜지질 않습니다!

―신의 멀티태스킹! 그 와중에 이신 선수는 계속 철갑충차가 생산되어서 수송기에 탑니다! 사략기도 벌써 두 부대예요!

그야말로 신들린 듯이 움직였다.

4기나 되는 수송기가 두 부대가량 모인 사략기의 호위를 받으며 오성준의 본진을 쳤다.

수송기 4기.

거기서 무려 철갑충차 8기가 내렸다.

―파파파파파파팟!

자신의 본진을 가득 메우는 전파방해의 이펙트를 보며, 오성준은 의식도 새하얗게 날아갈 것 같았다.

―Krazy : GG.

다행히 GG를 칠 정도의 의식은 아직 남아 있었다.

경기장이 열광과 비명으로 가득 찼다.

         *   *   *

3 대 2까지 간 접전이었다.

1세트는 이신의 화려한 승리.

2세트는 차이가 하필이면 박영호를 만나 버렸다.

이신의 후계자로 지목된 차이와 박영호의 대결은 치열한 접전으로 전개되었고, 더 이상 파먹을 자원이 맵에 안 남을 정도의 장기전으로 이어졌다.

결국,

―끼리릭!

―끼릭!

―끼리릭!

여왕괴물 한 부대가 나타나 일제히 기생충을 살포했다.

기생충에 의해 대거 파괴된 기동포탑들. 차이는 이신의 흉내를 내어 스텔스 전투기로 카운터를 쳤다.

여왕괴물만 다 잡으면 역전이었다.

차이는 괴물여왕들과 함께 있는 하늘군주부터 처치하려 했다.

하늘군주가 없으면 스텔스 모드가 된 스텔스 전투기를 식별할 방법이 없어지기 때문.

하지만,

'아직 넌 이신이 아니야, 이 자식아.'

푸학!

여왕괴물이 스텔스 전투기 편대를 향해 점액을 끼얹었다.

박영호의 반사 신경이 더 빨랐던 것이다.

점액을 뒤집어써 속도가 느려진 스텔스 전투기들은 그대로 독침충들에 의해 정리되었다.

'넌 아직 나한테 안 돼.'

차이에게 자신의 모든 실력을 유감없이 보여준 박영호.

박영호 역시 무서운 신인 차이를 의식하고 있었다.

결국 여왕괴물, 하늘군주, 공성벌레, 바퀴, 괴물주술사, 독침충 등 괴물 종족의 유닛 종합선물세트로 휘몰아친 박영호가 승리를 차지했다.

"으왓!"

박영호가 부스에서 뛰쳐나와 방방 뛰었다.

"박영호! 박영호!"

"잘생겼다, 박영호!"

"철벽괴물!"

팬들이 환호하며 박영호의 세리머니에 호응해 주었다.

그렇게 박영호가 보여준 또 하나의 명경기로 분위기는 다시 JKT로 넘어왔다.

3세트도 JKT가 승리를 거두어 스코어가 역전.

3세트에는 존이 출전했지만, 하필이면 상대측에서 괴물이 아닌 신족 플레이어 장민태가 나와 버렸다.

차라리 상대가 인류였으면 나았을 것이다. 차이, 주디, 이신과 늘 대결해 왔으니까. 하지만 신족을 상대로 존은 엄청난 막장을 보여주며 침몰당해 버렸다.

ㅡ존 선수가 신족에게 아주 약하네요?

ㅡ예, 아무래도 주특기인 병영체제가 통하지 않는 종족이다 보니 그런 것 같습니다.

프로리그가 10팀 체제로 바뀌면서 경기 수도 크게 늘어난 상황. 그만큼 선수들의 출전 부담도 커진 탓에, 협회는 한 경기당 출전하는 선수 숫자를 기존의 6인에서 5인으로 줄였다.

즉, 한 번만 더 패배하면 3 대 1로 그냥 경기가 끝나 버리는 것이었다.

하지만 4세트에 출전한 유진영이 승리를 거두며 팀을 구하고 5세트에서 사나다 료가 또다시 항공모함을 선보이며 화려하게 승리를 장식.

그렇게 올도어SCC는 강적이었던 JKT를 꺾어내는 데 성공했다.

경기가 끝난 후에 각 세트의 승자들이 인터뷰를 가졌고, 이신은 명경기상을 수상했다.

ㅡ이신 선수, 이번 경기의 명경기상을 수상하셨는데, 소감 한 말씀 부탁드립니다!

캐스터 이병철의 말에 이신이 답했다.

—감사합니다.

—예, 역시나 짧네요.

그 말에 팬들이 웃음을 터뜨렸다. 캐릭터가 변함없는 이신이었다.

—그럼 제가 더 묻도록 하겠습니다. 무슨 생각으로 랜덤을 하셨습니까?

—어떤 종족이 걸리든 준비한 전략이 있어서 상관없었습니다.

—오, 그럼 괴물이 걸려도 상관없었습니까?

—준비한 전략이 있었습니다.

—이야, 지난번에도 신족으로 신지호 선수를 꺾으시더니, 이어서 오늘도 신족으로 사략기와 철갑충차의 조합으로 놀라운 경기력을 보여주신 이선 선수인데요. 인류, 신족에 이어 괴물까지 손을 뻗으시는 겁니까?

—예, 생각보다 괴물이 재미있었고, 공격적인 것이 제 취향에도 맞았습니다.

"오오오!"

"괴물도 하겠대!"

"세 종족 다 해버리네. 쩐다!"

관객석이 잔뜩 들떠 버렸다.

오래전에도 랜덤을 하는 프로게이머들이 있었으나, 그중에 최고가 된 이들은 없었다.

그런데 이제 와서 다시 랜덤 플레이어가 나타난 것이었다.

그것도 그 장본인이 게임의 신이라 불리는 이신이었다.

그러자 캐스터 이병철은 2세트 승자인 박영호에게 물었다.

—박영호 선수, 이신 선수가 괴물이 재미있고 취향에 맞는다고 하셨는데 괴물의 명인으로서 한 말씀해 보시죠?

—괴물로 인류한테 탈탈 털려봐야 저 소리가 쏙 들어가겠죠. 괴물이 인류 상대로 얼마나 짜증나는지 신나게 재미를 봤던 본인이 모른다는 게 말이 됩니까?

박영호는 오랜만에 울컥해서 계속 열을 올리며 말을 이어나갔다.

—초반에 8병영 치즈러시 당하면 맥을 못 추지, 쐐기충은 전술위성한테 방사능 한 방 맞으면 바보 되지, 건설로봇은 또 왜 그렇게 센지 그게 일꾼입니까? 전투유닛이지. 막말로 제가 인류 잡았으면 우승컵 몇 번을 들었어요!

"와아아아아!"

"영호 형님 만세!"

"괴물 만세!"

"괴물의 상향 패치가 시급하다!"

박영호를 따르는 수많은 괴물 팬들이 환호했다.

—어이쿠, 정말 불만이 많으신 괴물의 명인이신데, 이신 선수께서 다시 한 말씀 하시죠?

이신이 말했다.

—새삼 괴징징들은 답이 없다는 것을 느꼈습니다.

괴징징이란, 괴물이 약하다고 징징거리는 유저들을 지칭하는 은어였다.

"푸하하하하!"

"우우우!"

"인류 개사기 물러가라!"

"건설로봇 개사기 극혐!"

"8병영 하지 좀 마!"

"그만 입 다물어라, 괴징징들아!"

순식간에 스페이스 크래프트의 골수팬들에 의해 폭동 분위기
가 조성된 경기장.

하지만 캐스터 이병철은 재미있다는 듯이 승자 중에 신족 플
레이어인 사나다 료를 타깃으로 삼았다.

─료 선수, 이번에는 료 선수가 신족 대표로 한 말씀해 보시죠?

─어, 안녕… 하세요.

료는 일본인 특유의 약한 발음으로 입을 열었다.

─신족을 해보고 그런 말씀을 하세요.

"와아아아!"

"신족 빼고 다 입 다물어라!"

"거신병기, 철갑충차 인공지능 좀 상향시켜라!"

갑자기 울분과 함께 폭발하는 경기장의 신족 팬들.

─다 감독님처럼 손이 빠른 게 아니에요. 신족 너무 힘들어요.

─항공모함 있잖아요, 항공모함! 대사제 전격도 얼마나 짜증이
나는데.

박영호의 반박에 승자 인터뷰는 논쟁 현장이 되어서 모두를
웃겼다.

　　　　*　　　　　*　　　　　*

　—이신, 사략기·철갑충차 조합 전략으로 대활약!

　—공식전에서 랜덤 선택한 이신, 각 프로 팀들 '충격'

　—"괴물도 내 취향" 이신의 발언 화제, 괴물까지?

　—"이신의 신족은 완성형. 저 조합이면 아무도 못 이겨" 같은 팀 플레잉 코치 박진수의 극찬

　—'신의 후계자' 차이를 완파한 박영호 '아직 멀었어'

　사상초유의 랜덤 사건은 물론이고, 오성준의 독침충들을 몰살시켜 버린 사략기+철갑충차 전략도 세계의 주목을 받았다.

　사략기의 전파방해와 철갑충차가 가진 강렬한 파괴력의 충격탄 조합이라는 뜻에서, 네티즌들은 이것을 '충격 전파'라 불렀다.

　이 충격 전파 전략은 전 세계의 신족 플레이어들에게 영감을 주었다.

　세계 각국의 리그에서 충격 전파 전략을 시도하는 풍경이 펼쳐졌다. 하지만 결론은 사람이 할 게 아니라는 것이었다.

　손이 너무 많이 갔다.

　그렇게 사략기로 일일이 전파 방해를 펼치기도 전에 일점사격에 얻어맞아 몰살당해 버리는 불운한 신족의 현실이 펼쳐졌을 뿐이었다.

　사략기와 철갑충차의 조합은 예전부터 있었던 전략이었지만,

사략기가 전파방해를 펼치는 전술은 '입스페'로만 전해지다가 이신이 처음 도입한 것.

결국은 전파방해는 쓰지 않고 그냥 사략기로 공중 장악을 하는 기존의 전략으로 돌아오게 되었다. 그리고 그보다는 그냥 지상군의 적절한 조합으로 싸우는 정석이 낫다는 교훈을 신족 플레이어들에게 주었다.

이신의 전파 충격은 그냥 꿈의 전략으로 기억되게 되었다.

한편,

─푸학!

차이는 박영호와 치렀던 리플레이 영상을 보고 있었다.

괴물여왕이 스텔스 전투기 편대에 점액을 뿌리는 광경에 차이는 눈살을 찌푸렸다.

'빠르다.'

계속 복기해 보면서 차이가 느낀 평가였다.

스텔스 전투기가 등장하자마자, 박영호는 거의 반사적으로 점액을 뿌렸다. 저 시간대에 이르러서도 박영호의 집중력이 고도로 살아 있다는 뜻이었다.

"좀 더 아래쪽을 봐."

그때 뒤에서 들리는 목소리.

돌아 보니 이신이었다.

"네."

차이는 리플레이를 잠깐 정지시키고 아래쪽을 살펴보았다.

"아……!"

하늘군주가 떠 있었다. 그런데 자세히 보니 그 아래에 괴물 주술사가 땅속에 숨겨져 있었다.

차이는 전율을 느꼈다.

괴물주술사를 땅속에 숨겨놓고서는 그걸 들키지 않기 위해 하늘군주를 위에 띄워놓아 가려 버린 것.

"점액 실패했으면 괴물주술사가 스텔스 전투기에 피의 저주 뿌렸을 거야."

"선생님을 상대하려고 준비한 전략인가요?"

"그렇겠지."

이신과 박영호에게 수억 원의 정산금을 안겨주었던 명경기.

그때 스텔스 전투기에 카운터를 당했던 역전패를 기억하는 박영호가 이를 극복하기 위해 준비한 것이었다.

"선생님이라면 어떻게 하셨을 거예요?"

"한 번 치렀던 게임이랑 똑같은 양상으로 플레이하지 않았겠지. 박영호가 스텔스 전투기라는 여왕괴물에 대한 카운터가 있다는 것을 인지했는데, 그걸 또 쓰면 당연히 이렇게 당하는 거야."

"그러네요."

차이는 수긍했다.

물론 입스페에 가까운 이야기였다.

스텔스 전투기가 접근하면 곧바로 점액을 뿌려서 이동 속도를 죽여 버린다?

그런 대응력이 모두에게 있는 건 아니었다.

그 전에 근처에 있던 하늘군주가 먼저 사냥당해 버리면, 점액이고 뭐고 스텔스 모드로 인해 보이지 않는 전투기들이 여왕괴물들을 맛있게 학살해 버린다.

하지만 상대는 박영호였다.

"정말 철벽괴물이네요."

"잘하지, 영호도."

이신은 고개를 끄덕였다.

"나라면 스텔스 전투기를 좀 더 빨리 썼을 거야. 여왕괴물이 기동포탑들을 기생충으로 잡아먹기 전에 먼저 치는 거지. 그러면 설사 스텔스 전투기들이 점액에 맞아 먹히더라도, 그 사이에 지상군 싸움은 기동포탑에 의해 내가 이득 보는 그림이 나오지."

"그게 가능한가요?"

"상황이 되어봐야 알지. 아무튼 그런 아슬아슬한 컨트롤 승부는 내 취향이지 네 체질에 맞는 게 아니야."

"……"

"내 흉내는 그만 내. 스텔스 전투기보다 더 너다운 방식을 쓰면 되는 거야."

"어떤 게 제 방식인데요?"

"에버스랑 했던 첫 경기에서 보여주었지."

"……?"

"바늘 하나 들어갈 구멍 없는 철두철미한 운영."

여전히 알 수 없다는 차이에게 이신의 말이 이어졌다.

"신지호가 어떻게 저런 박영호를 이겼는지를 보면 알겠지."

"아!"

신지호의 이름을 듣자마자 차이는 깨달았다.

신지호를 상징하는 것은 우주방어. 바로 108공포였다.

대공포로 도배를 해버리고, 기계보병까지 써서 여왕괴물을 차단하는 방식을 썼다면 어땠을까?

엄청난 자원이 낭비될지언정, 박영호에게 결코 여왕괴물로 이득을 보는 상황을 허용하지 않았을 것이다.

차이는 이신을 동경했다.

칼날 위를 걷는 것 같은 아슬아슬한 승부를, 그리고 신기하게도 늘 이기는 이신의 싸움이 좋았다.

하지만 이제는 그만 자신의 길을 가야 할 때였다.

'그래야 이분을 넘어설 수 있을 테니까.'

차이는 자신의 등 뒤에 서 있는 이신의 존재를 의식하며 그렇게 생각했다.

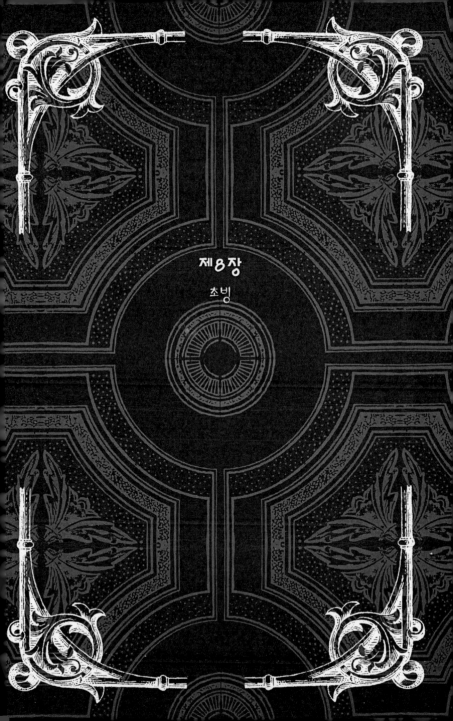

제8장

초빙

TV에 한국의 예능 프로그램이 방영되고 있었다.

한국어도 모르고 예능을 좋아할 나이도 아닌 76세의 늙은 장첸이었지만, 그는 묵묵히 방송을 보았다.

장첸이 이 방송을 보는 이유는 TV에 시선을 빼앗긴 어린 손자 때문이었다.

장양은 멍하니 TV를 보고 있었다.

입에서 침이 흐르는지도 모르고 TV에 몰두하는 장양은 12세의 어린 나이를 감안해도 정상적인 모습은 아니었다.

장첸은 조심스럽게 손수건을 꺼내 손자의 입가에 흐르는 침을 닦아주었다.

가만히 있는 장양이지만, 할아버지의 손이 시선을 방해하면 인상을 찌푸리며 뿌리치는 것이었다.

그럼에도 장첸은 조금도 섭섭한 눈치가 아니었다.

"녀석……. 그리도 좋을까."

장첸은 그저 사랑스럽다는 듯이 손자를 바라볼 뿐이었다.

파란만장한 삶을 살았고 많은 것을 이룬 장첸이었다.

아들 내외는 북경에서 사업을 하며 바쁘게 살아가고 있었다.

자폐증에 걸린 손자를 돌봐줄 사람은 장첸뿐이었고, 그것이 은퇴한 장첸의 유일한 삶의 낙이기도 했다.

"아아……!"

장양이 나지막하게 소리를 질렀다.

TV 화면에는 젊고 잘생긴 남자가 나와 컴퓨터 게임을 하고 있었다.

키보드와 마우스를 현란하게 조작하며 플레이하는 저 남자는 이신.

손자 장양은 2년 전부터 저 한국인 프로게이머에게 푹 빠져서 지내고 있었는데, 조작법까지 스스로 익히면서 스페이스 크래프트를 하고 있었다.

그래도 옛날처럼 블록 쌓기를 하며 하루 종일 보내는 것보다는, 컴퓨터 앞에 앉아 게임도 하고 인터넷으로 이신 관련 영상을 찾아다니면서 보내는 편이 훨씬 좋았다.

"하아……."

장첸은 한숨을 쉬었다.

손자의 미래를 생각하면 걱정이 안 될 리가 없었다. 자신도 자식 내외도 죽고 없으면 누가 손자를 돌봐준단 말인가.

손자의 후견인을 자처하는 이들은 많았지만, 그건 장첸의 환심을 사기 위한 수작이었다.

자신이 죽고 나면 언제 등 돌릴지 모르는 일.

그래도 한 가지 다행인 점은 손자 장양이 게임에 있어서 천재라는 사실이었다.

게임을 좋아하는 장양을 위해 e스포츠의 관계자를 불러 봐달라고 했는데, 손자가 게임하는 모습을 본 관계자들은 하나같이 천재라고 입을 모았다.

당연히 프로게이머를 시켜볼까 생각도 했다.

게임을 하찮게 여기던 옛날과 달리 지금 중국은 e스포츠에 매우 열광하고 있었다.

게다가 한정된 영토와 자원을 놓고 상대와 지략을 겨루는 스페이스 크래프트의 테마는 중국인의 취향에 딱 맞았다.

장첸은 온갖 수단을 다 동원해 손자 장양을 프로게이머로 만들고자 했지만 장양은 결국 정신질환 탓에 단체 생활에 적응을 못 하였다.

그 뒤로는 후유증이 더 심해져서 웬만해서는 방에서 나오지 않게 되었다.

지금처럼 함께 TV를 볼 때를 제외하면 말이다.

정확히는,

'저자를 굉장히 좋아하는구나.'

장첸은 TV 속의 이신을 가만히 바라보았다.

하도 손자가 좋아하다 보니 장첸도 모를 수가 없었다. 듣자 하니 전 세계를 통틀어도 적수가 없는 e스포츠 최고의 영웅이라고 했다. 심지어 신으로 추앙받는다고 했던가.

장첸은 손자를 위하여 이신이라는 저 남자를 몇 번이고 중국에 데려오려고 손을 쓴 적이 있었다.

그런데 아무리 거액을 제시해도 도무지 이신은 중국 리그로 진출하려 하지 않았다.

대체 한국이 뭐가 좋아서 저 좁은 우물 속에 머무르는지는 모르겠지만, 돈으로 안 되는 이상 장첸이 할 수 있는 일은 없었다.

'힘으로도 될 일이 아닐 터이니……'

장첸은 초조하게 손가락을 까닥거렸다.

TV 속의 이신은 냉정한 눈길로 플레이에 집중하고 있었다.

이신이 바라보는 모니터 개인 화면은 도무지 사람이 인지할 수 있는 속도가 아니었다.

끊임없이 화면이 획획 바뀌어서 늙은 장첸으로서는 현기증마저 날 지경이었다.

"아아……!"

장양이 신음을 토했다.

"좋으냐?"

장첸이 흐뭇하게 웃으며 물었다.

장양은 할아버지의 질문을 무시했다. 하지만 이신의 플레이에 푹 빠져 있음은 틀림없었다.

—쫘아악!

—쫘악!

스텔스 전투기가 여왕괴물 무리를 신속하게 격살하고 있었다.

"허허!"

장첸도 나직이 감탄했다.

손자와 지내다 보니 그도 이제는 약간이나마 게임을 볼 줄 알았다.

미니 맵의 상황을 보면 이신이 얼마나 심각한 판도를 뒤집었는지 알 수 있었다.

작고 못생긴 상대 선수가 총력전을 펴부었다.

이미 미니 맵을 거의 장악한 상대 선수는 승리를 쟁취하기 위해 혼신의 힘을 다하고 있었다.

하지만 스텔스 전투기는 그야말로 신의 한 수와도 같았다.

집요하게 움직이며 물고 늘어져 끝내 승리를 만들어냈다.

장첸이 이 게임의 상황을 잘 아는 이유는 이걸 몇 번이고 반복해서 봤기 때문이었다.

이신과 관련된 영상물은 손자를 방 밖으로 꼬셔내기 위한 좋은 수단이었다.

손자는 게임이 끝난 뒤에도 멍하니 TV를 보더니 이윽고 방으로 뛰어 들어갔다.

이제 게임을 할 거라는 것을 장첸은 어렵지 않게 짐작할 수 있었다.

"누구 있나?"

장첸이 입을 열었다.

그러자 바깥에 있던 한 젊은 여성이 들어왔다.

"부르셨는지요, 노사(老師)님."

"저 친구 말이다."

"이신이요?"

"그래."

여성의 표정이 어두워졌다. 장첸이 무슨 말을 꺼내려는지 알고 있었다. 이미 몇 번이고 실패했던 일을 이야기하려는 것이리라.

"도저히 데려올 방법은 없는 건가?"

"한국 프로 팀의 감독이 되었습니다. 이젠 중국에 데려올 수 있는 여지가 더욱 없어졌습니다."

"허허, 내가 이리도 원하는데도 데려올 수 없다니."

"죄송합니다."

"네가 죄송할 게 뭐냐. 쉽게 움직일 수 있는 인물이 아니라는 뜻이겠지. 그러니 우리 손자가 좋아하는 것이고."

장첸은 의자의 팔걸이를 만지작거리다가 다시 말했다.

"그럼 단 며칠이라도."

"네?"

"단 며칠이라도 와줄 수 없느냐고 물어보아라."

"……."

"잠깐이라도 좋으니 우리 손자 좀 만나주면 안 되겠냐고 정중히 청해라. 대가는 얼마든 좋다."

"네."

장첸의 간절함이 묻어 나오는 지시였다. 대답하는 여성의 표정에 굳은 의지가 보였다.

*　　　　　*　　　　　*

"…라는 요청이 왔는데요."

"안 갑니다."

이신은 지수민의 말에 간단히 거절의 의사를 밝혔다.

"꽤나 거액을 부를 것 같던데 정말 생각 없으세요?"

"시즌 중에 어딜 갑니까?"

"어휴, 아까워라. 정말 생각 없으세요? 단 며칠이라도……."

"일어나겠습니다."

이신은 훌쩍 자리에서 일어나 연습실로 돌아갔다.

지수민은 한숨을 푹푹 쉬었다.

'아까워 죽겠네. 그 장첸의 손자라는데.'

장첸.

중국 공산당의 전 간부로 한때 중국 대륙을 움직였던 실력자였다.

점잖고 겸손한 인품으로 많은 존경을 받았고, 깨끗이 은퇴한 지금도 북경의 수많은 실력자가 노사라 부르며 존경하는 거물 중의 거물이었다.

만약에 이번 일로 인연을 맺어두면, 올도어의 중국 쪽 사업은 탄탄대로나 다름없었다.

하지만 그런 말을 아무리 해봐야 이신이 들어줄 것 같지가 않았다.

이미 일전에도 장첸 측에서 중국 프로 팀들을 움직여 이신을 영입하려고 했지만, 이신은 한국에서 꿈쩍도 하지 않았던 것이다.

심지어는 이신이 손목을 다쳐 은퇴했던 시기에도 제안을 했었다고 한다. 그 정도면 장첸이 상당히 간절하게 원했다고 봐야 했다.

그때 이신은 집에서 두문불출하느라 모든 연락을 거절했지만 말이다.

지수민은 결국 스마트폰을 꺼내 전화를 걸었다.

—여보세요?

"예, 올도어의 지수민입니다."

—네, 어떻게 됐죠?

중국인임에도 여성의 한국말은 상당히 발음이 정확했다. 마치 같은 한국인과 대화를 나누는 것 같아 소름이 끼칠 지경이었다.

"죄송합니다."

—뭐라고요?

"이신 감독님께서 정중히 거절을 하셨습니다. 프로리그가 진행 중인 바쁜 시기라 불가능하다고 하시네요."

—……

분노인지 당혹인지 상대 여성은 말이 없었다.

"좋은 제안을 해주셨는데 정말 죄송합니다. 나중에 여유가 있을 때 다시 한 번 이야기를 꺼내보도록……."

—제가 가겠습니다.

"네?"

순간 지수민은 자신의 귀를 의심했다.

—제가 직접 그를 만나보겠습니다.

"하지만 이신 감독님은 이미……."

—알고 있습니다. 잠시 후에 한국에서 뵙겠습니다.

여성은 똑 부러지게 말하고는 통화를 끊어버렸다.

"아이 참, 와서 어쩌겠다는 거야."

지수민은 울상이 되었다.

직접 면전에서 이신 특유의 냉정한 칼 거절을 받으면, 이신뿐만이 아니라 올도어에 대한 감정도 안 좋아질지 모르는 일이었다.

'어라?'

문득 지수민은 의아함을 느꼈다.

'그런데 아까 잠시 후라고 하지 않았었나?'

아니나 다를까.

그날 오후, 본사 사무실에서 부사장으로서의 업무를 보고 있던 지수민에게 전화가 왔다.

—뵐 수 있겠습니까?

낮에 통화했던 그녀 특유의 사무적인 목소리가 들렸다.

"어, 어디신데요?"

—1층입니다.

"저희 본사요?"

—네.

"지금 당장 내려갈게요!"

지수민은 후다닥 1층으로 내려갔다.

아까 전까지만 해도 중국이었던 여자가 벌써 아래에 와 있다니, 그녀가 누구를 수행하는 여자인지를 생각하면 기절초풍할 지경이었다.

본사 건물 1층에 검은 정장 차림의 여성이 수행원으로 보이는 건장한 사내와 함께 있는 것이 보였다.

긴 머리가 허리까지 이르렀고, 약간 마른 듯한 유려한 몸매의 소유자였다.

큰 키에 굽 높은 하이힐까지 신어서 웬만한 남자의 키를 훌쩍 넘고 있었다. 짧은 스커트 아래로 드러낸 긴 다리는 같은 여자가 봐도 부러웠다.

마치 영화배우 같은 자태로 나타난 여성은 급히 내려온 지수민에게 오른손을 뻗었다.

"리쟈입니다."

"지수민이에요."

두 사람은 악수를 하고 명함을 교환했다.

이윽고 리쟈가 말했다.

"올도어SCC의 연습실로 가보고 싶네요."

"네, 따라오세요."

세 사람은 함께 본사 안에 있는 올도어SCC의 연습실로 향했다.

연습실은 한창 선수들이며 연습생이며 가릴 것 없이 훈련에 몰두 중이었다.

코치들이 돌아다니며 선수들의 플레이를 확인하고 있었고, 그것은 수석코치 최환열도 마찬가지였다.

"어, 단장님?"

최환열이 지수민 일행을 발견하고는 인사를 했다.

지수민은 어색하게 웃으며 말했다.

"수석코치님, 여기는 감독님을 찾아온 손님이세요."

"아, 안녕하세요."

"네, 안녕하세요."

인사를 나누면서 최환열은 여자의 얼음장 같은 시선에 압도되어 버렸다. 그래서인지 목소리가 나직해졌다.

"신이는 지금 훈련 중인데……."

"죄송하지만 감독님을 좀 불러주시겠어요?"

지수민이 부탁했다.

최환열은 훈련을 방해받는 걸 극히 싫어하는 이신의 성격을 잘 알았지만, 손님이 직접 찾아온 이상 거절하지도 못해서 곤란함을 느꼈다.

그런데 리쟈가 입을 열었다.

"아뇨, 훈련이 끝날 때까지 기다리겠습니다."

"오후 훈련 끝나려면 아직 멀었는데……."

"괜찮습니다."

리쟈는 게임에 극도로 몰두하고 있는 이신을 보며 말을 이었다.

"비슷한 성격을 가진 사람을 다뤄봐서 익숙합니다."

리쟈.

장첸을 곁에서 수행하는 그녀의 주된 역할은 자폐증을 앓는 그의 손자 장양을 돌보는 일이었다.

"전 여기서 기다릴 테니 신경 쓰지 마세요."

리쟈는 오후 훈련이 끝날 때까지 기다릴 생각인 듯, 아예 토트백에서 태블릿PC를 꺼내 뉴스를 보기 시작했다.

지수민은 중국에서 온 손님을 이대로 푸대접할 수가 없어 어찌할 바를 모르다가 한숨을 푹 쉬었다.

"제가 감독님께 양해를 구할게요. 멀리서 손님이 왔는데 무시하실 분은 아니에요."

"아뇨, 방해하면 화가 난 채로 저를 대하겠죠. 그냥 기다리겠습니다."

그러면서 뉴스를 보기 시작하는 리쟈였다.

그렇게 기다림이 한 시간 넘게 계속되었다.

훈련 중에 종종 쉬러 휴게실에 온 선수들이 리쟈를 보고 흠칫 놀랬다.

워낙 미모의 여성인지라 나이 어린 선수들의 방심을 흔들어놓기 충분했다.

선수들은 저 여자 누구냐고 수군거리기 시작했고, 그렇게 연습실이 부산스러워지자 마침내 이신이 눈살을 찌푸렸다.

"뭐야?"

"인마, 너 손님 왔어."

최환열이 선수 휴게실을 가리키며 말했다.

"왜 말 안 했어?"

"너 훈련하는 거 방해하고 싶지 않다고 그냥 기다리더라. 꽤 오래 기다렸어."

'생각은 제대로 박혀 있군.'

손님이 누군지는 모르겠지만, 방해하지 않았다는 점에서 이신은 마음에 들었다.

손목시계를 보니, 어차피 곧 있으면 식사 시간이었다.

'조금 일찍 끝내야겠군.'

이신은 훈련을 접고 휴게실로 향했다.

리쟈는 이신이 나타나자 자리에서 일어났다.

"안녕하십니까, 이신 씨."

리쟈는 매우 공손하게 인사를 했다.

"예, 저를 찾아오셨다고요?"

"네, 중국에서 왔습니다."

그제야 이신은 아침에 받았던 제안이 떠올랐다.

"프로리그 시즌 중이 아니면 고려해 보겠습니다."

"무슨 일인지는 들어보셨나요?"

"높으신 분의 자제 분께서 저를 보고 싶어 한다고 들었습니다."

"그게 전부입니까?"

"예."

리쟈는 나직한 한숨과 함께 입을 열었다.

"그렇게만 들으셨으니 저희가 아주 무례해 보였겠군요."

"예."

이신은 바로 고개를 끄덕였다.

리쟈가 해명했다.

"저희는 귀하신 분의 철없는 아들의 변덕 때문에 한창 경기 중 이신 이신 씨를 초청하려고 한 게 아닙니다. 그보다 조금 더 절박합니다."

"절박?"

"제가 모시는 노사님의 손자 분은 장양이라고 합니다. 이제 12세가 되었고, 자폐증입니다."

"……."

"장양이 이신 씨를 좋아합니다. 늘 방에서 두문불출하고 지내지만 TV에 이신 씨의 영상을 틀어주면 그제야 나오죠. 그게 노사님께서 손자를 볼 수 있는 유일한 시간입니다."

이신은 입이 쉬이 열리지 않았다.

그런 사정이 있었다고 하니 아무리 이신이라도 단칼에 거절하기가 쉽지 않았던 것이다.

리쟈는 스윽 날카로운 눈매로 이신을 응시하더니 다시 말했다.

"이신 씨가 중국에 온다면 외출도 좀 더 자주 할 수 있지 않을까 하는 기대도 있었습니다. 그래서 중국 프로 팀들에게 이신 씨를 영입하도록 해보기도 했습니다만, 손목이 부러지시고도 오지 않으시더군요."

'그땐 아무런 연락도 받지 않았으니까.'

외부와의 연락 일체를 끊고 살았다. 직접 집으로 찾아오지 않는 한 만나는 게 불가능했을 것이다.

"혹여 중국에 대해 안 좋은 인상이라도 있습니까?"

"아뇨."

어쩐지 그때 당시 유난히 중국 프로 팀들이 엄청난 거액을 제시하곤 했었다.

결국 타국에서 지내기가 귀찮아서 안 갔지만 말이다.

"그럼 바쁜 와중임은 충분히 알지만, 시간을 내어 단 며칠이라도 저희의 초청을 받아주실 수는 없으십니까?"

"사연은 안타깝지만……."

"라스베이거스 이벤트 매치에 초청받으셨을 때, 얼마를 받으셨죠?"

"…100만 달러였습니다."

"한화로는… 대략 11억 정도로군요?"

"예."

그리고 승리수당으로 100만 달러를 추가로 벌어들였었다.

"비행기로 왕복했으니 대략 이틀에 11억을 버셨군요."

"……?"

"그 정도로 이신 씨의 시간을 살 수 있다면, 그렇게 하겠습니다."

"무슨 뜻입니까?"

"이틀에 11억을 기꺼이 지불하겠다는 이야기입니다."

"그래서?"

"예?"

"그래서 뭘 어쩌라는 겁니까? 제가 정신과 의사로 보입니까? 아니면 돈 받고 애와 놀아주는 사람으로 보입니까?"

"그런 뜻만이 아닙니다!"

리쟈가 화가 난 듯이 언성을 높였다. 그녀는 테이블에 놓아둔 태블릿PC를 꺼내 들었다.

"뭡니까?"

"장양의 플레이 영상입니다."

"자폐증 손자?"

"네."

그러면서도 리쟈는 대놓고 자폐증이라 부르는 이신에게 눈을 흘겼다.

그것은 한 왜소한 소년이 인류 종족을 골라 플레이하는 모습이 보였다. 개인 화면이 아니라, 아예 뒤에서 소년이 기기를 조작하며 게임에 몰두하는 모습을 고스란히 보여주고 있었다.

―타다다다닥!

키보드를 타이핑하는 소리가 울려 퍼졌다.

이신은 깜짝 놀랐다.

그는 살면서 자신보다 손이 빠른 사람을 본 일이 없었다.

…이번이 처음이었다.

저게 겨우 12살이라고 했다.

어깨까지 치렁치렁하게 내려오는 장발에 창백한 피부만 빼면 번듯하게 생긴 소년. 잘 먹지 않아서 마른 체격을 한 소년은 그야말로 기계처럼 게임을 했다.

이신은 잠깐만 보고도 소년, 장양이 자신의 플레이를 완전히 똑같이 따라하고 있음을 알 수 있었다.

심시티와 병력 배치 등이 거의 완전히 자신의 스타일과 일치했다. 아니…….

'저건 박영호랑 했던 게임이잖아?'

예능 프로그램으로 방영되어서 화제가 되었던 그 명경기에서 이신이 보여준 플레이를 처음부터 끝까지 고스란히 따라하고 있었다.

심지어 상대는 그때의 박영호와 전략이 달랐음에도 아랑곳하지 않고 말이다.

상대가 뭘 하든 상관없이 자기 할 것만 하겠다는 의지였다.

하지만 상대인 괴물 플레이어가 쐐기충을 대거 이끌고 쳐들어오자, 보병·의무병 병력으로 무섭게 대응했다.

쐐기충이 달려드는 타이밍에 맞춰 각성제를 흡입하며 총기난사. 언덕 너머로 도망치는 쐐기충들을 레이더를 찍어 시야를 밝히며 끝까지 사격해 몇 마리를 더 격추시켰다.

기계처럼 정확한 컨트롤.

한 치의 오차도 없는 타이밍.

컨트롤과 순간 반응이 초인적인 지경이었다. 다만 게임 전체를 바라보는 전략적인 시야가 개판이었다.

소년은 상대와 상관없이 자기 할 것만 끝까지 했다.

워낙에 기계처럼 병력을 잘 뽑고 무서운 컨트롤로 무장한 탓에, 상대가 먼저 덤볐다가 나가떨어졌지만 말이다.

"어떻습니까?"

동영상이 끝나고 리쟈가 물었다.

이신은 곰곰이 생각하다가 입을 열었다.

"혹시 중국의 프로 팀들은 천재라고 치켜세우지 않았습니까?"

"네, 맞습니다."

리쟈는 잠시 망설이다가 이어 말했다.

"이신 씨 당신에게 비견될 수 있는 재능이라고 말했습니다."

"게임의 기본 개념만 좀 더 가르칠 수 있다면, 이라고 했겠지요?"

"네, 비슷하게 말했습니다."

"그건 자폐증이 치료된다면, 이라는 말과 동일한 의미입니다."

"네?"

"이건 게임을 한 게 아니라 게임상에서 자폐증 증상이 나타난 겁니다."

"뭐라고요?"

이신은 태블릿PC를 툭툭 치며 말했다.

"자기 하고 싶은 것만 합니다. 상대와의 커뮤니케이션이 전혀 되고 있지 않습니다. 이건 플레이가 아니라 병입니다."

이신의 말에 그녀는 충격을 받은 듯이 보였다.

"그럼 어떡해야 하는 건가요?"

"잘은 모르겠습니다만……"

이신은 정지된 영상 속의 소년 장양을 보며 말을 이었다.

"종족을 바꿔보면 좀 낫지 않을까 싶기도 합니다."

문제는 인류가 방어의 종족이라는 점이었다.

세 종족 중 가장 피동적인 인류를 선택했으니, 상대를 신경 쓰지 않고 자기 하고 싶은 것만 하는 자폐증 기질이 도지는 것이었다.

인류는 건물과 병력의 배치로 효율적인 디펜스를 구축하는 재미가 각별했다.

장양은 거기에 빠져 있었다.

그러고 있으면 상대가 알아서 공격을 와주니 그것만 막으면 그만인 것이었다.

마치 타인으로부터 자신을 스스로 고립시키듯이 수동적인 플레이에 미쳐 있는 것. 하지만 종족을 괴물로 바꿔보면 어떨까?

방어보다 공격에 특화되어 있고, 병력을 계속 활발하게 움직여주며 상대를 공격해야 하는 능동적인 종족이라면?

필연적으로 공격을 위해 상대를 살펴야 한다.

상대가 무엇을 하려는지 이해하고 허를 찔러야 한다.

그것은 커뮤니케이션의 시작이었다.

게다가 그냥 무시하고 넘어가기에는 걸리는 점도 있었다.

"하루 종일 이렇게 게임을 합니까?"

"네, 자제를 할 줄 모릅니다. 하고 싶은 대로 하게 놔두는 편이 발작을 일으키는 것보다 낫고요."

이신은 답답함을 느꼈다.

저렇게 기계처럼 게임을 종일 반복하게 놔두는 게 정답이라고?

저대로 놔두면 어떻게 되는지 이신은 아주 잘 알고 있었다.

저 엄청난 손 빠르기는 겨우 12세의 소년에게서 나올 수가 없는, 나와서도 안 되는 것이었다.

'성인이 되기 전에 몇 군데 병신이 되겠군.'

이신은 손목 습격 이전에 이미 직업병으로 만신창이가 되었던 경험이 있어서 잘 알고 있었다.

'치유의 힘이 정신질환에 얼마나 도움이 될지는 모르겠지만 가능성은 있으니까.'

다음에 잡혀 있는 프로리그 경기의 상대는 바로 MBS.

방진호 감독에게는 미안한 일이었지만, MBS는 올해 최약체. 이신이 나설 필요도 없는 경기였다.

잠시 생각해 본 끝에 이신이 말했다.

"나흘 정도 시간을 낼 수 있습니다."

"정말입니까?"

리쟈의 얼굴에 화색이 돌았다.

"방문해 주실 수 있는 시기를 말씀해 주시면 저희가 정중하게 모시도록 하겠습니다."

"내일 바로 가지요."

이신은 즉흥적으로 결정을 내렸다.

장양의 안쓰러운 모습이 마음에 걸리기도 했고, 무엇보다 일말의 기대감도 있었다.

저 무시무시한 컨트롤과 피지컬로 괴물을 하게 하면 과연 어떤 일이 벌어질까 하는 기대였다.

* * *

결국 MBS전은 최환열에게 맡겨 버리고 이신은 북경으로 향했다.

베이징 서우두 국제공항.

리쟈와 함께 도착해 수속을 마치고 나오니 한 무리의 사내들이 우르르 다가왔다. 그들은 리쟈와 이신에게 인사를 하고는, 두 사람의 짐을 대신 들어주었다.

이신은 짐을 사내들에게 맡기고 준비된 차량에 탔다. 운전사를 고용하고 있는 탓에 이런 상황에 익숙한 것이었다.

하지만 북경의 교통상황은 도무지 익숙해질 수가 없었다.

차들이 하나같이 레이스를 펼치듯이 차선을 마음대로 넘나들며 질주하는 것이었다. 그 와중에도 리쟈는 익숙한 듯 태블릿PC를 꺼내 뉴스를 읽고 있었다.

이신은 스멀스멀 밀려오는 멀미 탓에 반지에 마력을 주입해 심신을 안정시켜야 했다.

그렇게 고생 끝에 북경 외곽 지역에 있는 저택에 도착했다.

잠시 이신은 관광지에 온 줄로 착각했다. 저택이 워낙 커서 이화원 같은 궁전쯤 되는 줄 알았던 것이다.

중국 전통 방식으로 지어진 데다가 중앙에 커다란 연못이 있어서 더욱 착각을 했다.

커다란 연못의 한가운데에는 무인도처럼 작은 정자(亭子) 한 채가 있었다. 이게 일개 개인의 집이라니 말이 나오지 않았다.

'정말 거물인가 보군.'

그때 저택 본채 안에서 수수한 옷차림의 노인 한 명이 나왔다. 저택 관리인쯤 되는 사람인가 싶었는데 리쟈와 사내들이 그 노인에게 매우 공손하게 인사를 했다.

리쟈가 나직이 말했다.

"장량 노사님이십니다."

장량은 이신에게 두 손을 모아 인사를 해왔다. 왼손으로 오른쪽 주먹을 감싸는 중국 특유의 인사법이었다.

이신도 마주 인사를 했다.

약수터 나온 동네 할아버지 같은 수수한 모습의 장량은 이신을 보며 순박하게 웃고 있었다. 하지만 리쟈와 사내들의 태도만 보아도 그가 얼마나 존경받는 사람인지 알 수 있었다.

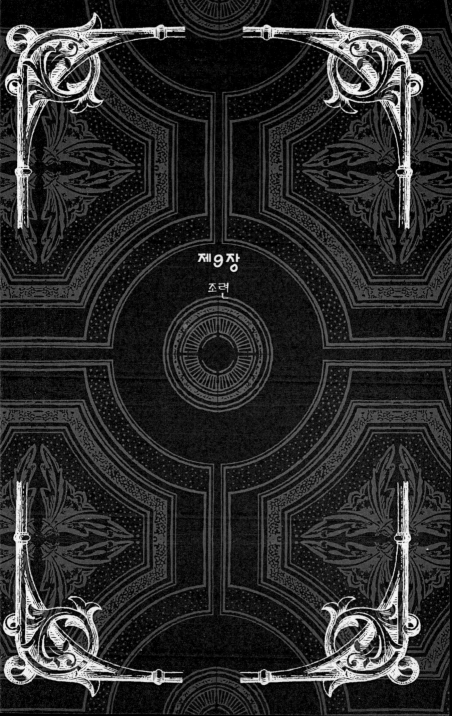

제9장

조련

　노인 장첸은 이신에게 악수를 청했는데, 악수를 하자 두 손으로 맞잡고서 뭐라고 말을 했다.

　리쟈가 통역을 해주었다.

　"와주셔서 감사하다고, 손자도 좋아할 거라고 하십니다."

　"손자는 어디에 있습니까?"

　"방에 있을 겁니다."

　"한 번 만나보고 싶습니다."

　리쟈를 통해 말을 들은 장첸은 쾌히 웃으며 고개를 끄덕였다.

　마치 먼 곳에서 온 자식을 맞이하는 노부모처럼 이신을 대하는 장첸.

　그 소탈한 모습에서 중국 정계 실력자의 위압감을 찾아보기 힘들었다.

전통 방식의 저택 외관과 달리 내부는 매우 현대적인 인테리어로 꾸며져 있었다.

그리고 장첸은 닫혀 있는 방을 가리켰다.

리쟈가 말했다.

"여기가 장양의 방입니다."

이신은 방문의 손잡이를 잡았다. 그때, 리쟈가 황급히 말했다.

"조심해 주세요. 방문을 여는 걸 매우 싫어해요."

"그럼 그냥 이대로 문 앞에 서 있습니까?"

꿀 먹은 벙어리가 된 리쟈.

이신은 거침없이 문을 열었다.

타다다다닥!

요란하게 들려오는 키보드 타이핑 소리.

소년은 입을 반쯤 연 채 침을 질질 흘리며 게임에 몰두하고 있었다.

눈도 잠깐 깜빡거림 없이 정신없이 게임에 미쳐 있는 12세 소년.

잘 씻지도 않아 몰골이 부스스했다. 귀에 이어폰을 꽂고 있어 방에 누가 들어오는 것을 인지하지도 못했다.

이신은 헛웃음을 흘렸다.

자기도 한때 저랬던 것 같았다. 저렇게 정신병자처럼 하지는 않았지만, 절제하지 못하고 게임에 미쳐 살던 신인 시절.

이신은 가만히 뒤에서 장양의 플레이를 지켜보았다.

장첸이 눈짓을 주자 리쟈는 고개를 끄덕였다. 그들은 두 사람을 방에 남겨놓고 조용히 방에서 나왔다.

게임이 종료되었다.

장양은 아무런 감회도 없다는 듯이, 기계처럼 바로 다음 상대를 찾아 방을 헤맸다.

등급에 맞는 상대에게 대전 신청도 하지를 못해, 바로 공개된 방에 들어가서 게임을 시작하는 모습이었다.

그런데 시작하기 전에 이신이 장양의 손목을 붙잡고 제지했다.

"그만해."

"아아!"

신경질적으로 손을 뿌리치려 드는 장양.

이신은 더욱 거칠게 게임을 중단시켰다.

"아아아!!"

게임을 종료시키자 장양이 비명을 질렀다.

"그만하라고!"

이신이 버럭 소리쳤다.

"크아아아!!"

더욱 길길이 날뛰는 장양.

"무슨 일이죠?!"

그 바람에 리쟈와 장첸이 뛰어 들어왔다.

이신은 아랑곳하지 않았다.

"너도 손목 박살 나고 싶어?!"

"으아아아!"

마구 몸부림치는 장양. 하지만 그때,

스르륵—

이신은 치유의 힘을 장양에게 불어넣었다.

그러자 안락한 기운을 느꼈는지 장양이 발버둥치는 것을 멈췄다.

이신이 노려보았고, 장양은 그 시선을 마주하며 멍해졌다.

비로소 이신을 알아본 것이었다.

"아……!"

"내 눈 똑바로 봐."

이신은 장양의 턱을 들어 눈을 가까이 마주했다.

"쉬어가면서 적당히 하라고 통역하세요."

"통역 필요 없어요."

리쟈가 말했다.

"한국말을 알아요."

"……?"

의아해진 이신에게 리쟈가 말했다.

"이신 씨 영상을 보면서 한국어를 익히게 되었어요. 처음에는 제가 통역해 주었는데, 나중에는 통역 없이도 알아듣더라고요."

'그게 가능하다고?'

언뜻 들어본 것 같았다.

서번트 증후군이었던가?

의사소통이 거의 불가능하고 반복적인 행동을 하는 등의 뇌

기능 장애를 갖고 있지만, 특정 부분에서 천재적인 능력을 보이는 경우가 있다고 했다.

장양이 그런 경우인 모양이었다.

"나 알아?"

장양은 고개를 끄덕였다. 그 모습에 장첸이 놀라워했다.

"게임이 좋아?"

다시 고개를 끄덕이는 장양.

이신이 말했다.

"그럼 내 말대로 해. 알았어?"

치유의 힘을 불어넣은 효과였을까.

놀랍게도 장양은 다시 고개를 끄덕여 동의했다.

"게임은 쉬어가면서 해야 돼. 쉬었다가 다시 나랑 같이 하자. 알았어?"

또 끄덕끄덕.

고분고분한 장양의 모습을 보며, 장첸이 매우 놀란 얼굴을 했다.

저렇게 남의 말을 잘 따르는 경우는 처음 보았기 때문이었다.

"일단 씻고 같이 밥 먹자. 내 말 이해했어?"

장양은 고개를 끄덕였다.

"제게 맡기세요."

리쟈가 황급히 나섰다.

결국 그녀가 장양을 데리고 가서 씻겼고, 그렇게 네 사람이 한 식탁에 앉아서 식사를 하게 되었다.

장첸은 손자와 한 식탁에 앉아 밥을 먹게 된 것이 언제 적인지 몰라 감개무량해했다.

"노사님께서 감사를 표하십니다."

"별거 아닙니다."

장첸은 식사 중에 맛있는 반찬을 장양의 접시 위에 올려주었다. 그러고는 두말없이 넙죽넙죽 받아먹는 손자를 흐뭇하게 바라보았다.

장첸이 기분 좋기 때문인지, 리쟈와 집안 곳곳에 서 있는 사내들도 분위기가 밝아 보였다.

식사가 끝나고서 장양은 빤히 이신을 쳐다보았다.

"잘 먹었습니다."

이신이 일어서자 장양도 따라 일어났다.

그 모습을 본 장첸이 웃으며 뭐라고 물었다.

리쟈가 통역해 주었다.

"같이 산책이나 하지 않겠냐고 하십니다."

이신은 어쩐지 자신을 졸졸 따르는 장양을 보고는 고개를 끄덕였다.

그렇게 함께 밖으로 나왔다.

저택은 유명 관광지로 착각이 들 정도로 드넓고 풍경이 좋았다.

커다란 연못 주위를 함께 걸으면서 장첸은 연신 자신의 손자를 바라보았다.

이 넓은 정원을 손자와 함께 걷는 나날을 얼마나 꿈꿔왔었는지 모른다.

역시 모든 것을 다 가질 수는 없는 것인지, 인생을 살면서 부족함이 없었던 장첸에게 손자의 정신병은 큰 시련이었다.

'그런데 이 젊은이는 어찌 이리 쉽게 이루는지……'

오랜만에 바깥에 나와 마음이 불안해졌는지, 장양은 어느새 이신의 소매를 붙잡고 있었다.

이신은 그런 장양의 머리를 쓰다듬어 주었고, 그 손길을 통해 따스한 치유의 힘이 스며들었다.

그게 효과를 본 것인지 장양의 얼굴에서 불안함은 어느새 사라졌고, 오히려 기분 좋은 표정으로 산책을 하는 것이었다.

말끔하게 씻고 함께 식사하고 산책하고, 장첸은 처음으로 지극히 인간다운 하루를 보낸 손자의 모습을 볼 수 있었다.

그것만으로도 이신을 초청하기 위해 쓴 돈이 아깝지 않았다.

'이 남자가 앞으로도 계속 양아와 함께 있어준다면 얼마나 좋을까?'

그런 욕심마저 났다.

짧은 산책이 끝나고 돌아오자, 장양의 방이 조금 변했다.

옆에 컴퓨터가 1대 더 마련된 것이었다.

"같이 할까?"

이신이 묻자, 장양은 웃으며 고개를 마구 끄덕거렸다.

이신은 컴퓨터에 앉아 게임을 하기에 앞서, 천천히 스트레칭을 시작했다. 손목부터 시작해 목, 허리, 다리까지.

스트레칭을 하는 모습을 보여주자 득달같이 게임을 하려고 들었던 장양도 주춤주춤했다.

장양은 지금껏 그래왔듯이 이신을 흉내 내서 함께 스트레칭을 했다. 그러고는 함께 게임을 시작했는데, 온라인에서 만나 대결을 하게 되었다.

습관처럼 인류를 고른 장양.

그런데 이신은 괴물을 골랐다.

장양은 무언가 당황한 듯 이신을 쳐다보았다. 뭐라고 말을 하고 싶은데 입 밖으로 나오지 않는 듯한 모습이었다.

게임은 그대로 시작되었다.

두 사람의 손길이 분주해졌다.

원채 손이 빠른 이신과, 그런 이신에 버금가는 스피드의 장양.

두 사람이 키보드를 두들기니 요란한 소리가 방 안을 가득 채웠다.

이신은 정찰을 통해 장양의 빌드 오더를 확인했다. 자신의 예전 플레이를 똑같이 따라하는 장양이라 빌드 오더를 파악하는 것은 문제도 없었다.

그나마 상대 종족에 따라 빌드 오더를 달리할 정도의 판단력은 있었지만 말이다.

전형적인 병영 체제를 보이는 장양.

미소를 지은 이신은 쐐기충을 모아서 견제를 시작했다.

존을 미치게 만들었던 바로 그 쐐기충 견제가 시작된 것이었다.

—쐐애액!

―퍼엉!

―쒜액!

―퍼어엉!

하나로 뭉쳐진 쒜기충 6마리가 앞마당에서 자원을 채집하는 건설로봇들을 습격했다.

원 샷 원 킬.

정확한 P컨트롤로 이신은 건설로봇을 사냥했다.

건설된 대공포 2개가 미사일을 쏴댔지만, 이신은 체력이 닳은 쒜기충을 빼가면서 계속 견제를 했다.

부화실에서 새롭게 생산된 쒜기충들이 계속해서 모였다.

장양의 손길이 더 바빠졌다.

보병이 각성제를 흡입하며 달려들어 맞섰지만, 그때마다 얄밉게 뒤로 빠진 이신이었다.

이신은 쒜기충에 올인을 했다.

쒜기충을 두 무리로 나눠서 양방향에서 견제를 펼쳤다.

여기저기 쒜기충이 들쑤시며 정신없게 만들자, 장양의 얼굴에 땀이 맺혔다.

기계적으로 대응은 잘하는데, 아까부터 계속 일방적으로 견제를 당하는 입장이라 12살짜리 어린애로서는 정신적으로 힘들 터였다.

결국 장양은 화를 내며 나가 버렸다.

이신의 승리였다.

잔뜩 화가 나서 씩씩거리는 장양에게 이신이 말했다.

"너도 해볼래?"

"……?"

"재미있는데. 한 번 볼래?"

장양이 고개를 끄덕였다.

이신은 장양이 지켜보는 앞에서 온라인에서 대전 상대를 찾아 게임을 펼쳤다.

이번 상대는 신족이었다.

상대 신족은 먼저 사략기를 뽑아 정찰을 왔다.

그러자 이신은 하늘군주를 한데 모아놓고 그 틈바구니에 폭탄충을 숨겨놓았다.

쭉 정찰을 마친 사략기가 하늘군주들을 사냥하기 위해 접근해 왔다.

그 순간, 미리 단축키로 부대지정이 되어 있던 폭탄충 2마리가 튀어나와 사략기와 자폭을 했다.

—퍼어엉!

"아아!"

뒤에서 장양이 굉장히 좋아했다.

그 뒤에 쐐기충 5마리가 생산되었다.

이신은 즉시 상대 진영으로 달려가 견제를 시작했다. 앞마당은 캐논포 1개가 지어져 있었다.

이신은 과감에서 앞마당을 무시하고 본진 안까지 파고들었다.

본진의 자원 채집 지역도 캐논포가 1개 지어져 있었지만 이신은 순간적으로 캐논포의 사거리를 계산했고, 조그마한 사각지대를 찾아냈다.

캐논포의 사거리가 미치지 않는 곳에서 쐐기충들이 춤을 추었다.

―으악!

―으악!

신도 2명이 단숨에 사살되었다.

그제야 신도들이 우르르 쐐기충의 공격이 닿지 않는 쪽으로 몰려갔다.

이신의 쐐기충은 계속 본진을 휘저으며 건물을 짓던 신도까지 사살했다.

그때 사략기 2기가 나타났다.

'소환관문을 늘려 지었군.'

사략기 생산을 늘려 지어 제공권을 장악하겠다는 의도로 보였다.

이신은 확장 기지를 가져가며 쐐기충과 폭탄충을 모았다.

사략기를 택한 신족을 상대로 공중전에서 승부를 볼 작정이었다.

상대 신족이 지상군과 함께 사략기들이 일제히 움직였다. 바퀴들을 곳곳에 뿌려 맵 시야를 철저히 밝혀놓고 있었기 때문에 이신은 그 움직임을 곧바로 알아차렸다.

이신 역시 상당히 모인 쐐기충과 폭탄충이 움직였다.

치열하게 펼쳐진 공중전!

교전이 시작된 순간, 폭탄충들이 위협적으로 움직이자 놀란 사략기 편대가 뒤로 빠졌다.

사략기가 빠진 틈에 이신의 쐐기충이 지상군에게 쐐기 폭격을 퍼부었다.

폭탄충들이 계속 교전 지역 주위를 배회하며 사략기를 차단했다.

사략기 편대가 상대해야 했던 쐐기충은 이신의 현란한 컨트롤에 힘입어 지상군을 거의 작살 내놓고 있었다.

하는 수 없이 사략기 편대가 덤벼들자,

―퍼퍼퍼퍼펑!

쐐기충과 폭탄충이 기습적으로 달려들었다.

쐐기충들을 앞세워 사략기의 사격을 받아냈고, 그 틈에 폭탄충들이 사략기들을 무더기로 격추시켰다.

"아……"

그걸 뒤에서 구경하던 장양은 넋을 놓고 있었다.

아침에 누군가가 슥슥 잠옷 소매를 당기며 잠을 깨웠다.

장양이 이신의 침실에 와 있었다.

잠이 깬 이신은 협탁 옆에 놓인 손목시계를 확인했다.

바쉐론 콘스탄틴의 우아한 시곗바늘은 6시 5분을 가리키고 있었다.

"게임하자고?"

장양은 고개를 끄덕였다.

어제 이신에게서 괴물 플레이를 배운 장양은 완전히 게임에

238 마왕의 게임

맛들려 있었다.

늘 혼자였다.

그런데 이신과 함께하면서 같이 해야 더욱 재미있는 게임의 참 즐거움을 알게 된 것이었다.

게다가 이신과 함께 있으면 이상하게도 마음이 편안해졌다.

이신의 치유 능력을 알 리 모르는 장양은 그저 그를 좋은 사람이라 여기고 졸졸 따르게 되었다.

침대에서 부스스 몸을 일으킨 이신이 입을 열었다.

"아직 안 돼."

뾰로통한 표정을 짓는 장양.

하지만 이신은 단호히 말했다.

"씻고, 밥 먹고, 산책하고. 게임은 그다음이야."

"……!"

장양은 몹시 화가 났다.

대륙 정계의 거물 장첸의 손자로 태어나 늘 주변에서 받들어주고 오냐오냐해 준 장양이었다.

하지만 이신은 달랐다.

네가 아무리 발광해도 눈 하나 깜짝 안 한다는 단호한 느낌이 확연히 들었다.

저런 남자는 난생 처음 접해보는 장양이었다.

이내 장양은 시무룩해졌다.

말을 듣지 않으면 이신이 놀아주기는커녕 한국으로 돌아가 버릴지도 몰랐다.

그러고 나서는 일사천리.

장양은 욕실에서 스스로 씻고, 장첸, 리쟈, 이신과 함께 단란하게 아침 식사를 했다.

그 뒤에는 산책 시간.

그냥 저택 내부에 조성된 길을 한 바퀴 도는 것뿐이었다.

하지만 워낙 저택 규모가 큰 탓에 빠른 코스도 족히 30분은 걸을 수 있었다.

할아버지 장첸은 장양이 슬슬 싫증난 기색을 띄는 걸 보고는 30분 안에 돌아갈 수 있는 빠른 길로 인도했다.

욕심 같아서는 손자와 함께할 수 있는 이 시간이 더 길었으면 했지만, 욕심은 금물이었다.

산책을 마치고 집에 돌아오자 장양이 이신의 소매를 붙잡고 재촉했다.

"허허허."

그 모습을 보며 장첸은 껄껄 웃었다.

놀아달라고 조르는 손자라니. 이제야 평범한 어린아이 같지 않은가.

이 얼마나 귀엽던지, 장첸의 눈시울이 붉어졌다.

얼른 게임을 하고 싶어 컴퓨터 앞에 털썩 앉은 장양. 하지만 이신이 스트레칭을 시작하자 눈치를 보더니 슬그머니 일어나 따라 했다.

사실은 이신도 이렇게 규칙적인 사람이 아니었지만, 장양에게 습관을 들이기 위해서 솔선수범하는 것이었다.

그런데 진짜 난관은 따로 있었다.

"드세요."

리쟈가 가져온 두 잔의 음료는 바로 단백질 셰이크였다.

"장양은 너무 말라서 이걸 먹여야겠어요."

"근데 제게는 왜 주시는 겁니까?"

"굉장히 싫어해요. 하지만 이신 씨가 먼저 드시면 장양도 먹을 거예요."

"저도 싫어합니다만?"

입이 짧은 건 이신도 마찬가지였다.

질색하는 이신을 보며 리쟈는 기가 막힌다는 표정이 되었다.

"몸에 나쁜 거 아니니 참고 드시죠? 보아하니 이신 씨도 입이 짧아서 말랐는데, 살이 붙으면 더 보기 좋을 거예요."

"싫습니다."

"장양을 위해서예요."

리쟈는 눈매를 날카롭게 치켜떴다.

"저희가 얼마나 많은 돈을 드렸는지는 모르시지 않겠죠? 건강에 나쁜 것도 아닌데 이것 하나 못 마시겠다면 너무 매정한 것 아닌가요?"

"······."

이신은 조목조목 지적하는 이 여자가 마음에 들지 않았다.

아무튼 눈을 질끈 감고 단백질 셰이크를 마셨다.

꾸역꾸역 목구멍으로 들어가는 단백질 셰이크. 어설프게 코코아 맛이 나는 게 더 싫었다.

원 샷에 다 마시지 못하는 바람에 이신은 쉬었다가 다시 마셨다.

그 모습을 장양이 불안하게 쳐다보았다. 단백질 셰이크가 한 잔 더 있는 것이 몹시 불안했다.

아니나 다를까. 다 마신 이신이 또 한 잔을 장양 앞에 내밀었다. 장양은 도리도리 고개를 저었다.

"마셔."

이신이 낮은 중저음으로 으름장 놓듯이 강요했다.

울상이 된 장양이 도와달라고 리쟈를 쳐다봤지만, 리쟈는 상냥하게 활짝 웃으며 마시라고 손짓으로 재촉했다.

결국 장양도 꾹 참고 단백질 셰이크를 마셔야 했다.

다 마신 컵 두 잔을 가지고 나가면서 리쟈는 나직이 중국어로 중얼거렸다.

"하여간 게임에 미친 족속들은 하나같이 말을 안 듣지."

자기도 모르게 자폐증인 장양과 같은 취급을 당한 이신이었다.

그렇게 하루하루가 흘렀다.

장양은 이신을 강아지처럼 졸졸 따라다니며 함께 생활했다.

뭐든 이신과 함께하고 이신을 흉내 냈다.

잘 씻고 삼시 세끼 제대로 먹고 산책도 하니 장양은 불과 며칠 전과는 눈에 띄게 달라졌다.

게다가 매일 두 잔씩 고열량의 단백질 셰이크를 마시자, 불과 며칠뿐이었는데도 확연히 외모가 달라졌다.

추레하고 왜소한 모습은 온데간데없고, 적당히 살이 올라서 보기 좋은 모습이 되었다.

리쟈는 솜씨 좋은 헤어디자이너를 불러서 치렁거리는 머리도 자르게 했다.

당연하지만…….

"부탁드릴게요."

"왜 제가 머리까지 깎아야 합니까?"

"장양은 남이 머리 만지는 걸 싫어해요."

"저도 그렇습니다만."

"좀 참으시죠? 실력 있는 헤어디자이너를 어렵게 초빙해 왔어요."

결국 이신이 먼저 머리를 잘라야 했다.

"헤어디자이너가 어떻게 해드려야 하는지 묻네요."

"맘대로 하라 하십시오."

"알겠어요."

결국 이신은 머리를 짧게 커트해 버렸다.

그리하여서 장양도 똑같이 짧은 머리가 되었는데, 그렇게 보니 두 사람은 행동 습성뿐만이 아니라 외모까지도 놀라울 만치 닮아 있었다.

하얀 피부에 약간 마른 체격까지도 말이다.

게다가 장양이 하도 이신을 졸졸 따라다니며 뭐든 따라 하다 보니, 행동까지도 거의 똑같게 되었다.

두 사람을 보고 장첸이 껄껄 웃으며 이렇게 말할 정도였다.

"내 손자가 둘씩이나 생겼군, 하하하!"

그 뒤로 중국어를 모르는 이신은 몰랐지만, 장첸은 두 사람을 부를 때 '아들들'이라고 말했다.

이신은 자기도 모르는 사이에 중국의 실력자로부터 무한한 신뢰를 받게 된 셈이었다.

무엇보다도 큰 변화는 바로 스페이스 크래프트 실력이었다.

이신은 이왕 돈 받고 머무는 김에 스승으로서 가르치는 일까지 충실히 했다.

장양은 기본적으로 고차원적인 큰 전략의 판짜기에 약했다. 상대의 심리를 이해하는 사고력이 거의 부재했다. 하지만 그 대신 무엇보다도 큰 장점이 있었다.

바로 전투!

미세한 컨트롤뿐만이 아니었다. 큰 틀의 전략에 약한 대신 눈에 확연히 보이는 상태에서의 전술에 강했다.

아군과 상대의 병력이 마주친 순간, 병력의 숫자와 분포를 한눈에 파악하여 본능적으로 기막힌 용병술을 펼친다.

마치 짐승의 육감과도 같은 그 능력은 무엇보다도 유닛이 빠르고 많은 괴물 종족과 만나자 퍼텐셜이 폭발했다.

게다가 워낙 기계처럼 정교한 운영을 하는 탓에, 멀티태스킹만은 이신이 지금껏 본 최고의 경기였다.

'여기에 심리전 능력만 가르칠 수 있다면!'

이신은 나직이 전율했다.

자신을 프로의 세계로 인도해 준 최환열이 이런 기분이었을까?

차이를 봤을 때와는 또 다른 전율이 들었다.

차이가 장차 자신의 대적자로 성장할 재목이라면, 장양은 마치…….

'날 보는 것 같군.'

그랬다.

알 수 없는 생물.

그러나 이신은 자신만의 세계에 갇혀 판단하고 움직이는 장양의 플레이를 공감할 수 있을 것 같았다.

심지어 외모까지도 자신의 어릴 적과 묘하게 닮았다.

'이런 기분은 처음인데.'

장양도 괴물이 마음이 쏙 든 눈치였다. 게임을 마친 장양은 이신을 보며 헤헤 웃었다.

이신은 웃음을 지으며 그런 장양의 머리를 쓰다듬었다.

그렇게 약속했던 나흘이 지났다.

"더 있다가 가면 안 되겠냐고 물으십니다. 돈은 얼마든지 더 주시겠다고 하십니다."

리쟈가 장첸의 간곡한 청을 통역해 주었다.

이신은 고개를 저었다.

"저도 즐거웠습니다만, 오늘은 저녁에 경기가 있어서 가야 합니다."

오늘 저녁은 MBS와의 경기가 있었다.

준비는 최환열이 대신 다 해놓았고 이신도 선수로서 출전하지 않지만, 명색이 팀의 감독이니만큼 벤치를 지키고 있어야 했다.

"으아아아아!!"

장양이 마구 소리를 지르며 떼를 썼다. 사내들은 그런 장양을 붙들고 있느라 진땀을 흘리고 있었다.

장첸은 그런 손자를 가리키며 몹시 서운한 표정을 지어보였다.

이신은 쓴웃음을 지었다. 이신도 사람이라 헤어지기 싫다고 울부짖는 장양을 보자 마음이 쓰라렸다.

하지만 어찌하랴.

그렇다고 자신의 일상생활에 지장이 생길 정도로 시간을 할애해 줄 이유는 없었다.

'아쉽지만 어쩔 수 없지.'

물론 장양이 가진 재능은 눈여겨볼 만한 것이었다.

그러나 장첸의 삶의 낙인 손자를 한국에 데려가기도 어려워 보였을뿐더러, 기본적으로 정신질환을 앓고 있는 장양을 돌봐줄 사람도 마땅치 않았다.

"그럼 전 이만."

이신은 정중히 인사한 뒤, 준비된 차량에 올라탔다.

그런데 차는 아직 출발하지 않았고, 장첸은 리쟈와 뭐라고 대화를 나누고 있었다.

기다리는 걸 싫어하는 이신이 슬슬 눈살을 찌푸릴 무렵, 리쟈가 창문에 노크를 했다.

이신은 유리창을 내린 뒤에 물었다.

"뭡니까?"

"갑작스러운 일이기는 하지만, 장양의 한국 관광이 결정되었습니다."

"…예?"

"저와 경호원 몇 사람이 동행해서 돌볼 테니까 귀찮을 일은 없을 겁니다. 모쪼록 부탁드립니다."

"하지만 장양은 외출을 별로 좋아하지 않을……."

말이 끝나기도 전에 장양이 냉큼 차 문을 열고 이신의 옆자리에 비집고 들어갔다.

희희낙락한 장양을 보며 이신은 할 말을 잃었다.

"간단하게 짐을 챙겨서 올 테니 조금만 기다려 주십시오."

그러고는 서둘러 저택 건물 안으로 들어가는 리쟈였다.

이신은 무언가 귀찮다는 생각이 들었지만, 옆에서 소매를 꼭 붙잡고 있는 채 싱글벙글하는 장양을 보니 짜증이 수그러졌다.

'뭐, 상관없겠지.'

조금 뒤에 리쟈가 캐리어 두 개를 끌고 나타났다.

출발하기 전에 이신은 장양에게 말했다.

"할아버지한테 인사해."

장양은 그제야 창밖에서 자신을 빤히 보고 있는 할아버지 장첸을 응시했다. 장양은 머뭇거리다가 쭈뼛이 손을 흔들어 보였다.

"허허허."

장첸은 흐뭇하게 웃으며 같이 손을 흔들어 보였다.

이를 보니 이신은 문득 얼마 전에 생신 때 뵈었던 아버지가 떠올라 짠한 기분이 들었다.

차가 출발한 뒤에도 장첸은 더 이상 보이지 않을 때까지 계속 그 자리에 서서 배웅하고 있었다.

*   *   *

한국 e스포츠팬이면 누구나 알고 있는 그 유명한 푸른색 롤스로이스 팬텀이 경기장에 도착했다.

공항에서 곧장 경기장으로 온 이신은 차에서 내렸다.

"꺄아아아악!"

"이신 오빠!"

"진짜 이신이다!"

"오빠, 사랑해요!"

"신이시여!"

팬들이 우르르 몰려들었다.

이신은 힘겨움을 무릅쓰고 직접 엄청난 군중을 물리치며 경기장 안으로 헤쳐 나갔다.

그렇게 이신이 팬들과 함께 사라지자, 뒤늦게 장양이 리쟈와 함께 내렸다.

"가죠."

리쟈는 장양의 손을 붙잡고 함께 움직였다.

장양은 인파가 매우 많은 곳에 이르자 불안에 떨었지만, 오직 이신과 같이 가겠다는 일념으로 꿋꿋이 참고 걸음을 옮겼다.

　　안으로 들어가자 경기장 스태프로 보이는 젊은 남자가 다가와 물었다.

　　"리쟈 님과 장양 님 맞으세요?"

　　"그렇습니다."

　　"이신 감독님이 안내를 부탁하셔서 왔습니다. 저를 따라오시면 됩니다."

　　"네, 감사합니다."

　　두 사람은 스태프를 따라 올도어SCC의 선수 대기실로 향했다.

　　장양은 난생처음 와본 신세계에 불안하면서도 두리번거리며 호기심을 드러냈다.

　　이신의 치유 능력을 부여받기 전에는 있을 수 없었던 반응.

　　마침내 장양이 모니터와 TV로만 보았던 e스포츠의 현장에 도착한 것이다.

제10장

성장

"다녀오셨습니까!"

선수들이 북경에서 막 돌아온 이신을 반겼다.

고개를 끄덕인 이신은 최환열에게 바로 물었다.

"엔트리는?"

"나왔어. MBS는 선수층이 얇아서 엔트리가 뻔하지, 뭐."

"봐봐."

"어, 여기. 근데 특이한 게 조금 있다. 3세트에서 정다울이 나왔네."

"정다울?"

3세트 맵은 단두대.

3인용 맵으로, 괴물에게 대체로 유리했다.

시작 시 본진으로 이어지는 입구는 하나.

하지만 중립 건물을 부수면 또 다른 입구가 생겨나기 때문에 전략적인 형태로 바뀐다.

이곳에서는 대체로 괴물이 다른 모든 종족을 상대로 승률이 높았던 만큼, 한때 팀 제미니의 에이스였던 유진영도 이 맵에서 아주 잘했다.

"요즘 진영이가 같은 괴물 상대로 컨디션이 별로 좋지 않아서 존을 내보냈거든. 근데 하필이면 존이 가장 어려워하는 신족이 나와 버렸네."

이신은 정다울의 이름을 보며 감회에 젖었다.

"정다울도 인류전 허접해."

"그래?"

"대괴물전 카드로 특화되어 있거든."

최환열은 이 단두대 맵에서 괴물이 나올 줄 알고 존을 내보냈고, MBS도 괴물인 유진영이 나올 줄 알고 정다울을 내보냈다.

그러다 보니 신족에게 약한 존과 인류에게 약한 정다울의 대결이 되어버렸다.

둘 다 이신에게 사사 받았다는 공통점이 있었다.

화려하게 조명 받는 존에 비해, 정다울은 불행히도 MBS 특유의 투명 망토 라인에 속해 버렸다는 차이점이 있었지만 말이다.

"존."

"네, 선생님!"

호명된 존이 후다닥 달려왔다.

이신이 말했다.

"정다울은 나한테 고속전차 견제로 호되게 당한 적이 많아. 아마 내 제자인 너도 고속 전차를 주 무기로 견제해 올 거라고 생각할 거야."

"마, 맞아요."

존의 안색이 안 좋아졌다.

실제로 운영보다 컨트롤에 더 자신이 있는 존은 견제 플레이 위주로 게임을 풀어나갈 생각이었다.

"디펜스가 괜찮은 녀석이라 네 견제가 잘 안 먹힐 거야. 특히 나와 연습 게임을 많이 해봐서 고속전차 침투는 잘 막아."

"그럼 어떻게 하죠?"

"네가 가장 잘하는 걸로 가."

"어떤……?"

"기병."

"아!"

기병 전략.

이신이 최영준을 상대로 선보인 바 있었다.

작년 후반기 개인 리그 4강전 1세트.

이신은 평범하게 테크 트리를 올려 기동포탑을 생산하다가, 돌연 병영을 늘려 짓고서 보병·의무병을 대량 생산해 공격에 들어간 바 있었다.

보병과 의무병은 신족을 상대로 잘 쓰이지 않는다.

보병을 가지고는 하나하나가 강력한 신족 유닛을 당해낼 수가 없기 때문. 하지만 이신은 신족의 병력이 아직 적은 틈을 노리기 위하여 보병·의무병을 공격에 썼다.

그렇게 보병+의무병+기동포탑의 조합으로 빠른 타이밍에 치고 들어가는 것이 포인트였다.

대신 그 타이밍에 끝내지 못하면 시간이 흐를수록 보병·의무병으로는 한계가 생겨서 지고 만다.

"네, 해볼게요."

그렇게 작전 지시를 내리고 있을 때였다.

선수 대기실로 리쟈와 장양이 들어왔다.

"실례하겠습니다."

리쟈가 모두에게 양해를 구했다.

장양은 이신을 발견하자마자 쪼르르 달려와 그의 소매를 꼬옥 붙들었다.

"누구지?"

"관계자도 아닌데 여긴 어떻게 들어왔대?"

"팬인가?"

"아니, 근데 둘이 좀 닮지 않았냐?"

"어? 그때 그 여자다. 중국에서 왔다던."

"진짜네. 대기실에서 봤잖아."

선수들이 수군거렸다.

이신은 어깨를 으쓱하며 말했다.

"내 손님이야. 피치 못할 사정이 있으니 신경 쓰지 않아도 돼."

"네!"

이신은 장양에게도 덧붙였다.

"너도 내 옆에 얌전히 있고."

장양도 고개를 끄덕였다.

"누군데 그래?"

최환열은 장양을 턱짓으로 가리키며 물었다.

이신은 잠깐 생각하다가 답했다.

"괴물."

"……?"

          *   *   *

―자! 현장에 와 계시는 관객 여러분들이나, 온라인으로 보고 계시는 팬 여러분들이나 모두 오래 기다리셨습니다! 아까의 쌍성전자 대 넥스트전에 이어서 올도어SCC와 MBS의 경기가 시작됩니다!

―앞 경기에서 3 대 0의 셧아웃 스코어가 나와 버렸죠?

―그렇습니다! 물론 작년 우승 팀 쌍성전자의 저력이야 말이 필요 없습니다만, 와! 정말 올해 들어 더 강력해진 것 같죠?

―예, 최영준 선수를 필두로 신족 라인이 더 보강되면서 그야말로 리그를 씹어 먹는다는 표현이 어울릴 정도로 이번 시즌 1라운드부터 활약하기 시작했습니다.

―하지만 이번 경기는 또 어떨까요? 마찬가지로 프로리그에 처음 출범해서 1라운드 시작부터 돌풍을 일으키고 있는 신흥 강

팀, 올도어입니다!

―아! 올도어도 요즘 당해낼 팀이 없을 정도죠. 이신 선수를 필두로 한 신의 사단은 작년 준우승 팀 JKT마저 꺾었어요!

그렇게 해설진이 뜨겁게 분위기를 발구는 가운데, 대형 화면에 이신이 나타났다.

"꺄아아아악!"

"이신! 이신!"

관객들은 이신이 나타나자 즉각 반응을 했다.

그런데 이신의 옆에 찰싹 붙어 있는 어린 소년이 함께 대형 화면에 들어왔다.

일부 팬들이 웅성거렸다.

"누구지?"

"유니폼 안 입은 걸 보니 선수가 아닌데."

"근데 둘이 묘하게 닮았네."

"그치?"

"조카인가?"

해설진도 이신의 옆에 있는 소년에게 관심을 보였다.

―누구일까요?

―하하, 글쎄요. 혹시 네 번째 제자일 수도 있지 않을까요?

―같이 현장에 있는 걸 보니 그럴 수도 있겠군요.

하지만 대형 화면에서 곧 이신은 사라져 버렸고, 그렇게 경기가 시작되었다.

1세트는 주디와 최찬영의 대결이었다.

괴물 플레이어이며 작년에 크게 부진했던 최찬영.

올해도 안정된 역량을 보이는 주디가 충분히 이길 수 있는 상대였다.

…그렇게 생각했다.

―최찬영 선수가 오늘따라 굉장히 병력 운용이 활발합니다.

―예, 작년 시즌에는 부진했지만, 마지막 4라운드 때는 그래도 조금 부진을 벗고 좋은 모습도 보이기 시작했던 최찬영 선수거든요. 물론 4라운드를 끝으로 MBS가 포스트시즌 진출에 실패하는 바람에 완전한 부활을 보여주지는 못했지만요.

―최찬영 선수, 기세가 무섭습니다! 주디 선수의 진출 병력을 계속 잘라주면서 주도권을 쥐고 있어요!

최찬영은 작년과는 완전히 다른 모습을 보여주고 있었다.

그야말로 철벽괴물 박영호가 연상될 정도로 주디의 공격 시도를 전부 무위로 돌려놓으며 확장과 테크 트리를 모두 이루었다.

주디는 기갑 체제로 전환하면서 후반을 도모했지만, 자원을 많이 먹은 최찬영의 해일 같은 병력을 당해내지 못했다.

―주디 선수 GG!!

안정된 실력을 가진 주디가 지고 돌아오자 최환열이 좋지 않은 안색으로 말했다.

"잘하는데?"

"그러게."

이신은 몰랐다.

최찬영을 부진으로부터 부활시킨 장본인이 바로 자신이라는 것을 말이다.

작년에 최찬영을 연습 상대로 쓰면서 혹독하게 몰아붙였던 것이 그 계기였다.

연습생이 관전하면서 최찬영에게 이신의 빌드 오더와 공격 방향 등을 모두 소상하게 알려주었고, 그걸 모두 듣고도 이신과 승패가 반반이었다.

한 게임이 끝날 때마다 이신에게 질책을 받고 다음 게임에 임하는 지옥 훈련!

그 경험을 계기로 최찬영은 부활했다.

그리고 이런 결과로 나타난 것이었다.

하지만 다행히 2세트에서는 차이가 나가서 가뿐하게 박신을 꺾었다.

스코어는 1─1.

3세트는 존의 차례였다.

"여기서도 지면 곤란한데."

4세트는 한태화를 처음으로 출전시켰다. 독특한 올인 플레이로 승리 아니면 패배가 뚜렷한 도박사 같은 괴물 플레이어 한태화 말이다.

상대가 약팀인 MBS이기에 한태화에게 기회를 준 것인데, 3세트에서 존이 지고 4세트까지 지면 패배였다. 게다가 유진영이 출전한 5세트도 장담 못 하는 것은 마찬가지였다.

유진영의 실력이야 믿을 만했지만, 문제는 상대가 MBS 1군 선수 중 그럭저럭 꾸준함을 보였던 김영표였다.

딱히 큰 장점도 없는 그냥저냥 한 선수였지만, 문제는 종족이 괴물의 천적인 인류이기에 어떤 결과가 나올지 장담하지 못한다는 것이었다.

3세트에서 이겨야 했다.

존이 정다울을 꺾어야 이길 수 있는 가능성이 높아진다.

문제는 존이 준비한 빌드 오더가 위험성을 다분히 내포한 기병 전략이라는 것!

제 타이밍에 끝내지 못하고 승부가 길어지면 지게 된다.

또한 철갑충차나 대사제 등 보병·의무병을 학살할 수 있는 천적 유닛도 있는 신족이었다.

존도 자신에게 많은 짐이 짊어져 있다는 것을 알고 있었다.

그래서인지 부스로 향하는 존의 표정에 긴장감이 깃들어 있었다.

3세트가 시작되었다.

존이 기갑 정거장 2개에서 기동포탑을 생산하면서 병영을 갑자기 늘려 짓자 경기장이 크게 요동쳤다.

―기병 전략?!

―네, 기병 전략입니다! 이신 선수가 작년에 최영준 선수를 보병·의무병·기동포탑으로 격파한 적이 있었는데, 그 전략을 보병 컨트롤의 천재인 존 선수가 또 씁니다!

―예, 요즘 인터넷 커뮤니티에서는 '불꽃소년'이라고까지 부르는 존 선수거든요! 어찌 보면 기병 전략은 보병 컨트롤에 탁월한

존 선수에게 아주 잘 어울린다고 볼 수 있습니다!

—그것도 모르고 정다울 선수는 정찰기를 생산하고, 거신병기와 함께 맵 센터를 확보합니다.

—존 선수가 고속전차로 견제 플레이를 할 줄 알고 지뢰 제거하러 나왔죠. 하지만 지뢰는 없습니다. 대신 불꽃이 곧 나올 거예요.

상황이 좋았다.

정다울은 쓸모도 없는 정찰기를 생산하기 위한 테크 트리에 자원을 썼다.

그만큼 병력은 적은 것.

이는 존이 사력을 다해 정찰을 차단한 덕분이었다.

딱 기갑 정거장 2개까지만 보여주고, 병영을 마구 짓고부터는 철저히 보안을 유지한 것이었다.

그런데 그때, 정찰기 1기가 스르륵 존의 본진으로 들어갔다.

정찰기는 투명한 유닛이라 보이지 않았지만, 존은 자신의 본진 화면에 흐물거리는 무언가를 발견했다.

—띠링!

즉각 레이더를 찍자 정찰기가 모습을 드러냈다.

보병들이 다가와 기관총을 난사해 정찰기를 터뜨려 버렸다.

하지만 존의 기병 전략이 들통 난 뒤였다.

—봤어요!

—정다울 선수, 존 선수의 체제를 이제야 봤습니다! 승부는 지금부터입니다!

─예, 존 선수 들키자마자 바로 나갑니다! 한 치의 망설임도 없이 즉각 뛰쳐나가요!

─와, 바로 뛰쳐나가네요! 존 선수 정말 무서운 결단력을 가졌습니다!

"와아아아아!"

싸움이 시작되려 하자 관객들의 기대감이 높아졌다.

좀처럼 보기 힘든 진귀한 기병 전략.

보병의 불꽃같은 사격이 난무하는 화끈한 전투가 펼쳐질 터였다.

그때, 존이 레이더로 12시를 찍어보았다.

─띠리링!

12시에 정다울의 확장 기지가 있었다.

대부분의 병력이 센터로 나와 있어 12시 확장 기지는 무방비 상태였다.

그러자,

─키아악!

─키악!

보병들이 절규를 내지르며 미친 듯이 질주하기 시작했다.

시작되었다.

존의 전매특허, 약 빨고 달리기였다.

12시를 기습하기 위해 10명의 보병만 각성제를 흡입하고 엄청난 속도로 달리기 시작한 것이었다.

센터에 병력 있는 것을 일꾼을 던져서 보았기 때문에, 보병들은 반시계 방향으로 우회해서 달렸다.

의무병 3명이 뒤처진 채 쫓았고, 나머지는 느리게 움직이는 기동포탑과 함께 맵 센터로 나아갔다.

맵 센터에서 마중 나온 정다울의 거신병기들은 레이저포를 쏘고 한 걸음 물러나는 무빙을 펼쳐 시간을 끌었다. 그러느라 12시로 우회한 존의 별동대를 미처 보지 못했다.

─투다다다다다!!

─투다다다다다!

요란한 기관총 소리가 혈전(血戰)의 서막을 열었다.

밀려드는 존의 본대를 맞아 거신병기의 무빙 컨트롤을 펼치며 시간을 버는 정다울.

한때 이신에게 지적받았던 거신병기의 무빙이 확연히 좋아진 모습이었다.

거신병기가 레이저포를 쏘며 뒤로 빠질 때마다 보병들이 두세 명씩 끊겼다.

하지만,

─투다다다다다!

갑작스럽게 들린 총성과 함께 12시가 공격받았다는 메시지에 정다울은 크게 동요했다.

'뭐야?!'

존이 공격 나오는 타이밍을 감시를 세워 놓은 바퀴를 통해 정확하게 본 정다울이었다.

상대의 진군을 지연시키는 일도 차근차근 진행되고 있었다.

그런데 너무 빠른 타이밍에 12시가 공격받은 것이다.

12시 입구를 막아놓은 생명석 심시티가 한 무리의 보병에게 공격받고 있었다.

보병들은 체력이 닳아 있었는데, 이를 보고 정다울은 사태를 파악했다.

'약 빨고 달렸구나!'

정다울은 즉각 대처했다.

일단은 12시에서 일하던 신도들을 대피시키고, 발 빠른 광신도들을 12시로 보냈다.

신도들이 우르르 반대편의 출입구로 대피를 했다.

그런데,

─투타타타타!

언제 또 그리로 보병 2명을 찔러 넣은 것일까?

은밀히 우회 기동한 보병 2명이 반대편 출입구에서 나타나 대피하는 신도들을 무차별 난사했다.

─으악!

─으악!

1명, 2명, 3명······!

신도들이 계속 사살되었다.

'침착하자!'

광신도들이 구원을 왔다.

일단 보병 2명부터 정리하고 신도들과 함께 12시로 달렸다.

12시를 점거한 보병들은 뒤늦게 합류한 의무병들과 함께 출입구를 틀어막고 광신도들을 맞이했다.

　―정말 까다롭게 해주고 있는 존 선수!

　―맵 센터와 12시에서 산발적으로 교전이 벌어지고 있습니다! 정말 날카로운 찌르기였습니다!

　12시에 신경 쓰는 사이, 존은 본 병력의 진군에 박차를 가했다. 본진에서 꾸역꾸역 추가 생산되는 보병들이 계속 합류하고 있었다.

　존의 본대는 마침내 존의 앞마당까지 도달하는 데 성공!

　기동포탑들이 일제히 포격모드로 전환되었다.

　―퍼퍼퍼퍼펑!!

　앞마당에 심시티 된 생명석들이 공격을 받았다.

　정다울은 병력을 앞마당 안쪽까지 물린 채, 싸우러 나가지 않고 침착하게 기다렸다.

　―아, 저건 약간 아쉽네요. 기동포탑들이 전부 저기서 포격모드를 했죠? 일부는 좀 더 전진 배치시켜도 좋을 텐데요.

　―마음이 급했던 게 아닐까요? 아무튼 정다울 선수는 침착하게 기다리고 있습니다. 12시도 정리가 됐고요.

　―하지만 12시에서 신도들의 피해가 꽤 컸습니다. 일을 못 한 피해도 있었고요.

　존은 기동포탑 일부를 12시로 보냈다.

　앞마당과 12시 확장 기지가 동시에 포격을 받았다.

　그래도 정다울은 참고 기다렸다.

　그리고……

—드디어 나갑니다!!

—잘 참았습니다, 정다울 선수!

기다렸던 것이 마침내 나왔다. 바로 철갑충차였다!

철갑충차 2기가 모이자마자 수송기에 태우고 꾸준히 모아주었던 광신도와 거신병기가 일제히 적을 향해 달려 나갔다.

—퍼퍼퍼퍼퍼펑!

뛰쳐나오는 신족에게 포격을 가하는 기동포탑들!

그리고 보병·의무병이 전면에 서서 저돌적으로 달려오는 광신도들을 맞았다.

*　　　　*　　　　*

"안 좋아."

이신은 정다울의 반격이 시작되기도 전에 그렇게 예견했다.

"그러게. 얘는 왜 이렇게 기동포탑을 띄엄띄엄 배치 안 하고 그냥 한데 뭉쳐 놨냐······."

최환열이 머리를 긁적이며 투덜거렸다.

기동포탑은 포격모드가 되었을 때 근거리 공격이 불가능하므로 서로 거리를 두고 균일하게 배치시켜야 했다. 특히 확산 데미지를 입히는 범위 공격을 하는 유닛이 많은 신족을 상대로는 더욱 그게 중요했다.

게다가,

"기동포탑 일부를 12시로 보냈잖아. 상대의 반격이 곧 시작될

텐데 화력을 분산시켰어."

옆에서 장양도 말없이 고개를 끄덕거리며 동의한다.

이신은 그런 장양의 머리를 쓰다듬어 주었다.

"정다울의 철갑충차 컨트롤이 여전히 어설프길 바라야지."

그리고 정다울의 반격이 시작되자 이신의 예견이 적중했다.

화력이 앞마당과 12시로 분산되어 있던 것이 독이 됐다. 바로 이러한 어설픈 기동포탑 운용이 존의 단점이었던 것!

존이 신족에게 약한 근본적인 원인이었다.

다만 장점 또한 매우 극단적으로 드러나고 있었다.

―와, 보병 컨트롤!

―의무병이 앞에 배치되어서 광신도의 돌진을 아주 잘 막고 있습니다.

보병과 의무병의 배치는 그야말로 예술이었다.

게다가 뒤이어 합류한 화염방사병까지 불길을 뿜으며 광신도 들을 녹였다.

하지만 신족의 유닛은 하나하나가 강력했다. 뒤이어 온 거신병 기들이 레이저빔으로 보병들을 녹여 나갔다.

존 또한 계속 추가 생산된 보병들이 합류해서 치열하게 맞붙 었다.

총성과 비명이 끊이질 않았다.

모두가 계속 이어지는 그 전투에 넋을 잃었다.

그런데 정다울의 진짜 한 방이 시작되었다.

―수송기! 철갑충차 2기가 탑승한 수송기입니다!

—저것 때문에 참고 기다렸던 정다울 선수죠!

—아, 그리고 보니 정다울 선수가 몰라보게 성장을 했네요!

해설위원 정승태가 감탄하며 이어 말했다.

—광신도들과 거신병기들이 먼저 싸워주면서 보병 숫자를 줄여줬거든요! 가장 중요한 수송기가 보병들의 사격에 격추되지 않기 위해서였어요! 자, 보세요! 왜 그래야만 했는지, 뭘 노렸는지 이제 나옵니다!!

수송기가 창공을 가로질렀다.

보병들을 무시하고 바로 기동포탑들의 머리 위에 이르렀다.

—투타타타타타!

피 말리는 몇 초였다.

보병들의 사격으로 인해 수송기의 내구력이 간당간당했다.

그대로 격추당하면 타고 있던 철갑충차 2기까지 없어져, 그대로 망하는 것이었다.

근거리 공격이 불가능한 기동포탑들의 곁에 철갑충차 2기가 내렸다!

—퍼어엉!

아슬아슬하게 수송기가 격추되었다. 철갑충차 2기는 그대로 기동포탑들을 향해 충격탄을 발사했다.

최환열의 지적대로 띄엄띄엄 배치 안 하고 한곳에 뭉쳐 있던 기동포탑들.

…철갑충차의 충격탄은 확산 데미지를 입히는 범위 공격이었다.

—퍼어어어어엉!

"와아아아아아아!"

"오오오오!!"

환호성이 울려 퍼졌다.

단 한 번의 공격에 기동포탑들이 절반 이상 날아가 버렸다.

철갑충차들은 보병들의 일점사격에 격파되기 전에 다시 한 발씩 충격탄을 발사했다.

—퍼어엉! 퍼엉!

—으아악!

—으악!

무더기로 죽어 나가는 보병과 의무병 무리.

화력이 확연하게 줄자, 이에 힘입어 광신도와 거신병기가 돌파에 성공했다.

—뚫어냈어요!!

—결정적인 싸움에서 승기를 거머쥔 정다울 선수!

—충격탄 대박이 아주 컸습니다! 그냥 행운이 아니라, 모여 있는 기동포탑들을 아주 날카롭게 노렸어요!

—정다울 선수 정말 대단하네요!

희비가 엇갈렸다.

MBS의 벤치에서 환호성이, 올도어SCC의 벤치에 낭패가 어렸다. 이미 모두의 눈에 승패가 보이고 있었다.

하지만……

딱딱하게 굳은 존의 표정에서 절망이 아닌 다른 감정이 드러나기 시작했다.

이대로 질까보냐?

그것은 바로 오기였다.

전투에서 패배한 존은 일단 잔존 병력을 긁어모아서 후퇴했다. 그런데 후퇴하는 방향이 조금 이상했다.

―기동포탑 모두 터지고 보병 의무병만 데리고 초라하게 후퇴하는… 어?!

―와! 그냥 물러서는 게 아닙니다! 잔존 병력을 긁어모아서 12시로 갑니다!

그랬다.

결정적인 전투에서 패배한 그 순간, 존은 12시 공격을 감행한 것이었다.

12시 방면에는 패착 중 하나였던, 분산 배치된 기동포탑 3기가 아직 건재했다. 각성제를 흡입하고 달려온 보병들이 12시 확장기지 안으로 돌입했다.

그곳에 있던 광신도 몇 명이 달려들었지만, 보병들은 무시하고 무조건 신도만 하나하나 잡아 죽였다.

정다울이 여세를 몰아 12시까지 완전히 정리했을 때, 12시 확장 기지의 신도들은 절반 이상이 죽은 뒤였다.

―와아아! 정말 날카로운 판단! 존 선수의 오기가 보입니다!! 졌다고 그냥 갈 줄 알았지?! 이러면 너도 완전히 이긴 거 아니잖아?!

―예, 너무나 대단한 순간 판단입니다! 그렇게 장고 끝에 한

수를 낼, 그런 시간이 없었거든요! 저건 정말 본능적으로 한 행동이었어요!

—하하, 존 선수의 장단점이 너무 대놓고 나왔네요. 기동포탑 배치는 좋지 않았는데, 전부 사라지고 병영 병력만 남으니까 갑자기 날카로워져요!

—아무튼 이렇게 되면 정다울 선수도 피해를 추스를 시간이 필요합니다.

—그렇죠. 12시가 번번이 공격받아 일꾼도 피해 있었고, 앞마당도 포격 때문에 일꾼 대피시켜서 일 못 했고. 자원 피해를 추스를 때입니다.

—그럼 존 선수도 시간을 번 틈에 체제를 전환시켜야… 어어!

—와아!

존의 본진이 비춰지자 해설진이 일제히 경악했다.

존이 도리어 병영을 더 늘려 짓고 있었다.

기병에서 기갑으로의 체제 전환 같은 건 없었다. 후반을 도모하는 운영 따위도 없었다.

보병·의무병·화염방사병을 꾸역꾸역 생산하고 공격력과 방어력을 업그레이드했다.

업그레이드가 모두 완료된 타이밍에, 존은 다시 모은 병력으로 치고 나갔다.

—다시 진출합니다! 자원 피해를 복구하느라 병력이 많지 않을 거라고 다시 판단! 또다시 타이밍 러시!!

—정말 아까의 12시 공격 판단이 정말 미쳤죠! 존 레벨린 선수

의 육감이 완전히 날카롭게 살아 있어요!

—정다울 선수도 가만히 있어서는 안 되죠! 예, 정찰기로 진출하는 걸 봤습니다!

—아까보다 더 많은 병영 병력을 봤어요! 저걸 보고서 또? 하고 고개가 갸우뚱할 거예요!

—봤으면 가만히 있어서는 안 되죠! 예, 그렇죠! 마주 나가야죠! 맵 센터부터 계속 교전을 하면서 병력 잘라줘야죠!

정다울도 나섰다.

광신도·거신병기·수송기에 탄 철갑충차 2기를 모두 끌고 나섰다. 좁은 지역보다는 드넓은 맵 센터에서 제대로 한 판 싸워 승부를 보겠다는 의지였다.

특히나 새롭게 생산된 철갑충차 2기는 병영 병력의 천적이었다. 충격파 한 방에 주위에 있던 병력이 학살당하는 것이었다.

맵 이름 그대로 단두대!

삶과 죽음의 단두대 위에서 존은 질주하고 있었다.

교전이 펼쳐졌다.

수송기에서 내린 철갑충차들이 충격탄을 발사했다.

그 순간,

"우와!!"

감탄사가 터져 나왔다.

병력들이 일제히 뿔뿔이 산개해 버린 것!

—퍼어엉! 퍼엉!

—으악!

—으악!

—아악!

2발의 충격탄이 보병 3명을 사살하는 것으로 그쳤다.

충격탄의 확산 데미지를 피해 산개된 병력들이 신족의 병력과 맞붙었다.

혈전!

사방팔방에서 총을 쏘고 비명을 질렀다.

산개된 만큼 존의 컨트롤 부담은 더더욱 컸다.

—승부를 가르는 대회전이 시작되었습니다!

—존 선수 정말 보병들이 무섭게 움직입니다!

—계속 죽어도 본진에서 계속 추가 생산된 병력이 도착하고 있어요!

그때, 대형 화면에 존의 모습이 비춰졌다.

모두가 압도되었다.

땀으로 샤워한 듯이 흠뻑 젖은 존.

보병 산개 컨트롤과 추가 병력 생산 등 손이 많이 가는 전투로 체력이 빠르게 고갈되고 있었다.

하지만 눈빛에서 지독한 독기가 흘러나오고 있었다. 악문 입에서 송곳니를 사납게 드러낸 채, 서슬 퍼런 눈빛으로 싸웠다.

너무나 처절했다.

캐스터 이병철이 저도 모르게 중얼거렸다.

—정말 불꽃 그 자체네요.

그것은 영원히 존을 상징하는 수식어가 되었다.

돌파!!

센터에서 처절한 승리를 거두고, 계속 진격을 거듭해 앞마당에 이르렀다.

뒤따른 기동포탑도 계속해서 포격하며 정다울의 심장을 때렸다. 앞마당이 밀리고 본진에 밀고 들어왔는데도, 정다울은 GG를 선언하지 못했다.

나무랄 데 없이 잘 싸운 정다울이었다.

최찬영도, 정다울도, MBS의 모두가 새 프로리그 시즌을 앞두고서 혹독하게 훈련했다.

내년에는 새로운 모습을 보여주겠다고 결의한 선수들의 성장이었다.

실제로도 올해 들어서 성적이 전보다 나쁘지 않은 MBS. 정다울은 함께 피땀 흘린 팀원들 때문에 GG를 쉬이 선언하지 못하고 있었다.

하지만 결국…….

—daul02 : GG.

울분의 GG.

승리를 거둔 존이 땀으로 범벅된 모습으로 뛰어나왔다.

팬들의 열광이 존을 맞이했다.

제11장

발견

4세트에서 한태화는 4일벌레 러시에 실패해 2—2의 동점 스코어가 되어 한때 양 팀 벤치에 긴장감이 돌았다.

"김영표한테 질 정도로 제 인류전이 망가지진 않았어요."

유진영은 그 말로 모두를 안심시키고 부스로 들어가 5세트 결정전을 치렀다.

그리고 그는 예견대로 승리를 거두고 돌아왔다.

팀 제미니의 에이스급 괴물 플레이어였던 유진영의 역량이 상성상 천적인 인류를 만났다고 어딜 가는 건 아니었다.

그렇게 올도어는 간신히 1라운드 무패행진을 이어나갈 수 있었다.

경기가 끝나고 양 팀 감독이 나와 악수했는데, 방진호 감독은 매우 속이 쓰리다는 표정이었다.

"준비 잘했더군요."

이신이 말을 건넸다.

"그래도 졌으면 할 말 없는 거야."

"그야 그렇죠."

"죽을래?"

사납게 눈을 부라리는 방진호 감독을 보며 이신은 히죽 웃었다.

선수 영입은 특별히 하지 못했지만, MBS의 1군 선수들이 확실히 몰라보게 좋아진 것을 알 수 있는 경기였다.

방진호 감독이 가만히 손 놓고 있지는 않았다는 뜻이었다.

"정다울 아까웠습니다."

"쯧, 다 이긴 거였는데. 어디서 그런 특출한 놈을 외국에서 주워오는 거야?"

3세트.

그것은 전략의 실패를 존이 신들린 컨트롤과 감각적인 순간 판단으로 극복해 낸 명경기였다.

실제로 오늘 경기의 명경기상을 존이 또 수상하여서, 존은 첫 데뷔전에 이어 두 번이나 명경기상을 받은 인상적인 선수가 되었다.

"그런 애들이 저를 찾아왔을 뿐이죠."

"쟤는 또 누구야?"

방진호 감독은 벤치에서 이신을 애타게 쳐다보는 장양을 턱짓으로 가리키며 물었다.

"그냥 손님입니다."

"또 제자냐?"

"아직."

"아직?"

"그럼 이만."

이신은 말을 아꼈다. 다만 나직이 웃어 보이고는 등을 돌렸다.

그러는 동안 무대 위에서는 승리를 거둔 선수들이 인터뷰를 하고 있었다.

문득 MBS의 벤치에서 침울한 기색을 띠고 있는 정다울이 보였다.

정다울도 그 시선을 느꼈는지 이신을 바라보았다.

정다울은 살짝 고개 숙여 인사했고, 이신도 고개를 끄덕였다.

위로는 그것으로 충분했다.

그것은 이신이 경기력을 인상적으로 보았다는 뜻이었고, 정다울은 한때 자신의 스승이었던 그에게 인정받자 표정이 풀렸다.

그렇게 경기가 끝났다.

스토어는 3—2.

2021년 프로리그 1라운드에서 5승째를 기록한 올도어SCC였다.

　장양은 이신에게서 떨어지려 하지 않아, 한국에 머무는 동안 제자들과 더불어 한집에서 지내기로 했다.

　리쟈와 수행원들은 호텔에서 지내기로 했다.

　'아무래도 딴생각을 하는 게 아닌가 모르겠군.'

　지금껏 자폐증을 심하게 앓으며 산 장양이 이신을 만나고서 확연히 변했다. 어쩌면 장첸 측은 며칠 더 지켜보고, 장양을 아예 이신에게 맡길 생각을 할지도 몰랐다.

　그런 의심이 점점 확신으로 바뀐 것은 다음 날 오후였다.

　약 50억 원.

　장첸 측으로부터 입금 받은 금액이었다.

　약속했던 금액의 2배를 뛰어넘는 엄청난 거금이라 이신은 어안이 벙벙했다.

　"약속보다 더 많은 금액이 들어왔습니다."

　그러자 장양을 돌보러 집을 방문한 리쟈가 답했다.

　"장양이 눈에 띄게 건강해진 것을 보고 노사님께서 감사를 표하셨습니다. 부담스러워하실 필요 없습니다."

　별로 부담스럽지는 않았다.

　한때 중국 정계의 실력자였다면 50억 원 정도는 그다지 큰돈도 아닐 터였다.

　다만,

　"그럼 순수한 호의로 생각해도 되는군요?"

"물론입니다."

"그분의 체면상, 이를 빌미로 다른 부탁을 하지는 않겠군요?"

"……."

장첸을 걸고넘어지자 예상대로 리쟈는 꿀 먹은 벙어리가 되었다.

"그럼 그렇게 알고 있겠습니다. 순수한 호의에 감사하다고 전해주십시오."

"아, 알겠습니다. 솔직하게 말하죠."

"싫습니다."

"……?!"

말을 꺼내보기도 전에 칼 거절!

당황한 리쟈를 남겨놓고 이신은 등을 돌렸다. 출근 준비를 하는 이신에게 리쟈가 쫓아와서 따졌다.

"무슨 말인지 들어보지도 않고……!"

"난 환자를 돌봐주는 사람이 아닙니다. 애를 봐주는 사람은 더더욱 아니고요."

"그런 번거로운 일들은 제가 맡으면 돼요. 그리고 저도 이신 씨의 성격을 어느 정도 알아요. 당신은 하기 싫은 일이면 천금을 줘도 안 하시죠!"

"그래서 싫다는 겁니다."

"정말 싫었으면 베이징에 오지도 않으셨겠지요."

"……."

"나름대로 장양에게 관심이 있으셨던 게 아닌가요?"

이번에는 이신이 대답을 못 했다. 그녀의 지적이 옳았다.

장양의 플레이 영상을 보고 관심이 생기지 않았더라면 천금을 줘도 거절했을 것이다.

"노사님도 저도 아주 간곡하게 청할게요."

그러더니 갑자기 리쟈는 이신의 앞에서 무릎을 꿇었다.

'……!'

이신은 깜짝 놀랐다.

리쟈는 성격상 누군가에게 쉽게 굽히는 여자가 아니라고 생각했기 때문이다.

놀란 이신에게 그녀가 말했다.

"장양에게 프로게이머로서의 자질이 있다면, 부디 그 길을 열어주십시오. 그 아이가 한 사람으로서 제대로 제 몫을 하며 살아갈 수 있도록 해주고 싶습니다."

"왜 당신이 이렇게까지 부탁을 하는 겁니까?"

"전 노사님께 큰 은혜를 입었습니다. 그분을 위해서라면 제 무릎 정도는 아무것도 아닙니다."

"……"

리쟈도 어떤 개인적인 사정이 있는 모양이었다.

'확실히 구미가 당기긴 한데.'

이신은 진지하게 고민해 보았다.

확실히 장양은 자질이 있다. 전략과 심리전에 있어 부족함이 많지만, 장양의 괴물은 이를 능가하는 특별한 매력이 있었다.

장양이 함께 한국에 올 때부터 이신은 리쟈의 제안과 비슷한 생각을 하고 있었지만 리스크가 너무 크다.

제자들이야 이신이 집에 데리고 살아도 각자 알아서 자기 삶을 챙길 줄을 안다.

오히려 집안 살림 같은 잘잘한 부분은 이신이 제자들의 도움을 받는다. 하지만 장양은 그야말로 한없이 어린애인 것이었다.

'하지만 불과 며칠 만에 큰 진전이 있었으니, 내 능력으로 치유할 수 있을지도 몰라.'

이신은 고민 끝에 결정을 내렸다.

"일상생활은 어떻게 할 겁니까?"

"이신 씨의 댁과 같은 건물이나 단지의 집을 알아보는 중입니다."

그럼 일상생활은 리쟈가 돌본다는 뜻이었다.

이신은 고개를 끄덕였다.

"좋습니다."

"승낙해 주시는 겁니까?"

"예. 대신 프로 생활에 적응을 못 하거나 내 말에 거역할 시는 언제든 내치는 것으로 하겠습니다."

"알겠습니다. 적어도 그 아이가 이신 씨의 말을 듣지 않을 것 같진 않습니다. 다른 부분은 차차 노력해 나가야 하는데, 부디 적응할 때까지는 이해하고 도와주십시오."

"물론입니다."

그제야 리쟈는 밝은 얼굴로 자리에서 일어섰다.

'그런데 장첸 노사가 용케도 삶의 낙이었던 손자를 한국으로 떠나보낼 결심을 했군.'

손자를 끔찍이 아끼던 장첸 노사를 생각하면 의외다 싶었다.

그날, 이신은 제자들은 물론 장양도 연습실에 데려갔다. 그리고 장양을 모두에게 소개했다.

"새로운 연습생이다. 자폐증이라 내가 데리고 다닌다. 저 여자는 얘 보호자다. 이상."

이신다운 짧은 소개. 리쟈는 그 성의 없는 소개에 울컥했는지 눈매가 서늘해졌다.

그러거나 말거나 이신은 아랑곳하지 않고 장양을 내려다보며 나직이 말했다.

"인사해."

많은 사람의 시선을 받고 있자 무서웠는지 이신의 소매를 꽈악 붙잡고 있던 장양. 하지만 이신이 명령하자 조심스럽게 고개를 꾸벅 숙여 보였다.

짝짝짝!

선수들과 연습생들이 박수를 쳐 주었다.

그렇게 올도어SCC의 최연소 연습생이 탄생했다.

다들 장양을 귀여워하는 눈치였다.

타인과의 의사소통을 극히 꺼려하는 것 같아 말을 걸거나 하지는 않았지만, 음료나 간식거리를 사면 꼭 챙겨주곤 했다.

하지만 그렇다고 장양에게 특혜를 줘서는 안 되는 법. 이신은 다른 1군 선수들과 연습을 해야 했기 때문에, 장양의 연습 상대는 바로 수석코치 최환열이 맡았다.

한국 e스포츠의 레전드였던 최환열.

이미 은퇴를 했고 나이가 들어 피지컬이 떨어졌지만, 풍부한 경험에서 우러나오는 노련함과 아직 녹슬지 않은 컨트롤 솜씨가 있었다.

지금도 웬만한 프로 팀의 1.5군쯤은 되는 실력을 보유하고 있었다.

그런데 그런 최환열이 첫 판에서 장양에게 밀리기 시작했다.

맵 센터 지역을 놓고 벌어진 난투.

장양은 쐐기충, 바퀴, 독침충, 촉수충 등 4종류의 병력을 자유자재로 운용하며 최환열의 진출 병력과 싸웠다.

처음에는 최환열의 예술적인 컨트롤 스킬에 밀렸다.

장양 역시 기계처럼 정교한 컨트롤 능력을 가졌지만, 최환열은 인류의 장점을 100% 이상 살릴 줄을 알았다.

그러자 장양은 바로 패턴을 바꿨다.

병력을 네 갈래로 나눠 버리고는 여러 지역에서 동시다발적으로 난전을 펼친 것이다.

네 개로 분산되어 각기 따로 전투를 수행하는 장양의 병력들.

그것들이 마치 하나의 정신으로 연결되어 수족처럼 움직이는 듯했다.

짐승의 본능과 같은 판단이었다.

장양은 많은 게임 경험으로 자신보다 멀티태스킹이 좋은 사람이 없다는 것을 알고 있었다.

이런 식으로 싸우면 자신이 대체로 이긴다는 것을 머리가 아닌 감각으로 알고 있었다.

피지컬과 멀티태스킹이 부족한 최환열이 진땀을 흘렸다.

'곤란한데.'

이신은 여기서 최환열이 져서는 안 된다고 생각했다.

구겨지는 최환열의 자존심이야 별일 아니다.

현역도 아닌데 지는 게 대수겠는가?

하지만 장양은 더 강한 상대와 싸우고 싶어서 이신에게 떼를 쓸지도 몰랐다.

'당분간은 환열이 형이 장양을 맡아줬으면 좋겠는데.'

그러다가 문득 이신은 자신의 능력이 떠올랐다.

'어디 한 번?'

이신은 아무도 몰래 최환열에게 치유의 힘을 보냈다. 몸속에서 꿈틀거리며 나온 마력이 최환열에게 스며들었다.

그러자,

타타타타타탁!

기계식 키보드를 두들기는 최환열의 손가락이 아까보다 확연히 빨라졌다.

몸이 생각대로 따라주지 않았던 고령의 최환열.

어떻게 해야 막아낼 수 있고 이길 수 있는지 머리는 아는데 몸은 뜻대로 따라주지 않고 손발이 어지러워지기 일쑤.

그런데 지금은 달랐다.

이신의 치유를 받자, 별안간 최환열은 그야말로 보병이 각성제 흡입한 것처럼 신속하게 움직이기 시작했다.

본진에 들어온 하늘군주의 촉수충 드롭을 불과 보병 3명으로 막아냈다. 촉수가 뻗어올 때마다 옆으로 움직여 피하는 특유의 컨트롤이었다.

동시에 맵 센터에서 장양이 덮치자, 여기에도 반응했다.

세 방향에서 덮쳐오는 괴물들.

최환열은 그 순간, 포격모드가 되어 있는 기동포탑을 내팽개 치고 보병과 의무병만 달렸다.

그대로 병영 병력이 두 갈래로 나뉘어서 확장 기지와 본진 앞 마당을 일시에 습격했다.

장양의 얼굴에 당혹의 기색이 어렸다.

결국 최환열의 병력은 전멸했지만, 장양에게 큰 피해를 주는 데 성공. 7 대 3으로 불리했던 상황을 6 대 4 정도로 끌어올렸다고 봐야 했다.

최환열은 마치 현역 시절처럼 한마디도 하지 않고 게임에 몰두 했다.

장양에게 받은 피해 상황을 복구하고 디펜스를 갖췄다.

다시 마련한 병력을 진출. 동시에 9시 지역에 몰래 확장 시도.

진출 병력이 항공수송선까지 동원해 최환열 특유의 흔들기를 펼쳤다.

그렇게 현혹시켜 놓고는, 그 틈에 9시 몰래 확장 기지를 돌려 자원 확보!

이제 상황은 5 대 5였다.

잠시 휴식을 하던 선수들이 최환열과 장양의 대결을 구경했다.

잠깐 보려다가 시선이 붙잡혀 계속 보게 되었다.

어느새 관객이 점점 많아졌다.

최환열은 자신의 현역 시절 장기인 후반 병영 체제를 구사했다.

너무 손이 많이 가는 전략 형태. 나이 들고서는 제대로 펼치지 못했던 바로 그 운영이었다.

좀처럼 보기 힘든 클래식한 명경기!

선수들은 두 사람의 대결에 빠져들었다.

그리고 끝내,

―Yang : GG.

"으와! 봤어? 다들 봤냐?"

최환열이 이어폰을 뽑고 신이 나서 소리쳤다.

"와아아!"

"진짜 쩐다!"

"약 빠셨나? 은퇴한 분 실력이 왜 저래?"

"후반 병영 체제 나도 손 안 따라서 못 하는 건데……."

"아니, 왜 코치가 연습하다가 인생 경기를 하고 그러세요!"

선수들이 감탄하다 못해 경악했다.

이신도 어안이 벙벙해졌다.

'효과가 너무 좋잖아?'

왜 진즉에 이런 생각을 못 했을까?!

최환열과 장양의 혈투는 올도어SCC의 선수들 및 연습생들을 충격에 빠뜨렸다.

누구나 인정하는 한국 e스포츠의 레전드 최환열.

그를 존경하지 않는 선수는 없다.

하지만 최환열이 은퇴한 지가 벌써 몇 년째란 말인가.

그 뒤에도 물론 파프리카TV 등에서 계속 방송 콘텐츠로 게임을 하며 감각을 유지해 왔다고는 하지만, 현역 선수들에 비할 바는 아니었다.

그런데 방금 보여준 경기력은 그야말로 현역 시절의 수준이었다.

"근데 쟤는 뭐지?"

"아까 손 빠른 거 봤어? 그냥 피아노 건반 치듯이 조작하더라."

"연습생 수준이 아냐 저 정도면."

"12세라고 하지 않았어? 어떻게 저 나이에 저래?"

"완전 소름이다."

선수며 연습생이며 모두 장양에게 혀를 내둘렀다.

그러거나 말거나 장양은 이기지 못해서 매우 뽀로통해 있었지만 말이다.

"어땠어?"

이신이 모르는 척 최환열에게 물었다.

"어? 어, 잘하네. 방금 보여준 실력만 갖고 보면 어디 가도 1군 주전감이지. 근데 오늘 좀 이상하네."

"왜?"

"나 오늘 왜 이렇게 컨디션 좋지? 방금 나 APM 400 넘긴 거 아냐?"

"현역 시절에도 그 이상 나왔잖아."

"은퇴하고서는 300까지 떨어졌었지. 근데 갑자기……."

신기해하는 최환열에게 이신이 툭 내뱉었다.

"애한테 질까 봐 필사적으로 한 덕분이겠지."

"그, 그런가? 와, 아무튼 나 진짜 오늘 이상하네."

그런데 그때, 장양이 다가오더니 머뭇거리다가 최환열의 소매를 슥슥 잡아당겼다.

"응?"

장양은 최환열과 말을 섞지도 쳐다보지도 않고는 다시 제자리로 돌아갔다.

하지만 장양의 모니터에는 이미 방이 만들어져 있었고, 최환열에게 대전 신청을 해놓고 있었다.

"다시 한 번 붙자는 거지?"

"응."

이신은 만족스럽게 고개를 끄덕였다.

장양이 자신이 아닌 다른 사람에게 의사표현을 하다니, 좋은 현상이었다.

"그래, 얼마든지 하자. 실력 테스트를 제대로 해주지."

컨디션이 좋은 최환열은 부담은커녕 즐거운 마음으로 다시 연습 게임을 붙었다.

자신감이 붙은 탓일까.

다음 세트에서 최환열은 자신의 장기를 마음껏 펼쳤다.

그것은 바로 페이크.

거짓 정보를 보여줘서 빌드 오더를 알지 못하거나 착각하게 만드는 특유의 심리전 플레이를 펼치는 것.

그것은 제대로 먹혀들었다.

기본적으로 장양이 갖고 있는 문제가 있었다. 게임을 할 때 상대를 사람이 아닌 게임 시스템으로 본다는 점.

이런 체제에서 이런 유닛이 나올 것이다. 저런 체제에서는 저런 유닛이 나올 것이다.

이처럼 장양은 주어진 정보를 토대로 답을 끼워 맞힐 뿐, 상대의 심리를 이해하려 들지 않았다.

그것은 곧 처참한 결과로 나타났다.

첫판의 혈전이 무색하게도, 최환열에게 완전히 성향을 파악당한 장양은 그야말로 농락을 당하기 시작한 것이다.

최환열은 크게는 빌드 오더를 속이고 작게는 진출 타이밍을 속이며 장양을 교란시켰다.

그렇게 무려 세 판을 연거푸 연승을 했다.

그래도 상대가 기본적으로 최고 수준의 컨트롤과 멀티태스킹을 가진 장양임을 감안하면, 최환열의 오늘 컨디션은 최상이었다.

　이신은 그런 최환열의 상태를 면밀히 살폈다.

　'손놀림은 더 좋아졌는데, 멀티태스킹 능력은 전과 특별히 다르지 않군.'

　더 빠르고 정확해진 컨트롤!

　그러나 여러 곳에 동시에 신경 써야 하는 멀티태스킹 능력은 특별히 변화가 없었다.

　물론 이신의 치유 능력 탓에 안정감을 느껴 일시적으로 컨디션이 오르긴 했다.

　하지만 기본적인 뇌 기능은 크게 차이가 없었다.

　멀티태스킹은 반복 훈련을 통해 숙달되는 것이라, 치유 능력으로 더 강화시킬 수 없는 것이었다.

　'아쉽군.'

　사실 나이가 들수록 역량이 줄어드는 큰 원인은 육체의 노화 같은 게 아니었다.

　경험이 쌓일수록 습관이 축적되는 것이었다.

　그것은 노하우라고도 부를 수 있지만, 어찌 보면 점점 새로운 것을 받아들이기 힘들어진다는 뜻이기도 했다.

　그런데 e스포츠는 하루가 다르게 전략·전술·심시티·컨트롤 등의 트렌드가 달라진다. 그때마다 새로운 습관을 구축하기가 쉽지 않게 되는 것이었다.

'은퇴한 프로게이머들을 치유로 현역 복귀하는 것은 불가능하군.'

다소 아쉬울 수밖에 없었다.

그러거나 말거나,

"이겼다!"

최환열은 4번째 승리를 거두며 좋아했다.

장양은 충격에 빠졌는지 얼빠진 얼굴이었다.

이신이 그런 장양에게 말했다.

"리플레이를 보고 왜 졌는지 확인해."

고개를 끄덕인 장양은 리플레이를 보며 자신이 왜 졌는지를 점검했다.

최환열이 속임수를 계속 썼음을 알게 되자, 장양은 그야말로 배신감을 느끼며 그를 쳐다봤다.

최환열은 상처받은 소년의 시선에 멋쩍게 웃으며 말했다.

"그게 게임이야. 너무 그렇게 쳐다보지 말아줄래?"

스페이스 크래프트의 전략 싸움은 가위바위보와 같기 때문에 더더욱 눈치가 중요할 수밖에 없었다.

장양은 그게 너무 약했다.

"눈에 보이는 스펙 자체는 최고인데."

최환열이 다소 아쉬워했다.

이신은 어깨를 으쓱했다.

"이제 12살이야."

"아, 하긴."

"계속 호되게 당하다 보면 인간이 얼마나 간사한지 학습하게 되겠지."

"…말을 꼭 그렇게 해야겠냐?"

"어서 상대를 파괴하고 싶다는 악의를 배워야 해."

최환열은 장양의 미래가 걱정되기 시작했다.

*　　　　　*　　　　　*

집으로 귀가하던 길, 차 안에서 잠깐 눈을 붙였던 이신은 깨어났을 때 화려한 침실이 보이자 한숨을 쉬었다.

아니나 다를까, 머리맡에 앉아 있는 그레모리를 발견할 수 있었다. 그녀는 이번에도 자는 틈에 마계로 소환한 것이었다.

하긴, 경기 도중에 불러내지 않은 게 어디인가.

"안녕하셨습니까."

"네, 잘 지내셨어요?"

"예."

팀은 승승장구하고 있고, 중국에 다녀와서 거금을 벌었고, 이신이 못 지낼 이유가 없었다.

"서열전입니까?"

"물론이죠. 마침내 우리의 상대가 정해졌어요."

"마침내?"

이신은 그레모리의 단어 선택에 생소함을 느꼈다.

서열전은 매우 심플했다.

바로 위 서열에 도전하던가, 바로 아래 서열로부터 도전받거나 둘 중 하나였다.

'그러고 보니 꽤 오랜만에 나를 불러내는군.'

그레모리는 매력적인 눈웃음을 지으며 입을 열었다.

"요즘 우리 바로 위쪽 서열권에서 서열전이 전례 없이 활발하게 진행되고 있어요. 이유가 뭔지 아시나요?"

"모르겠습니다."

"호호, 우리와 싸우고 싶지 않아서예요."

아주 심플한 이유였다.

새로운 계약자가 나타나 그레모리를 최하위에서부터 수직 상승시키고 있었다.

신입 계약자가 등장해 일시적으로 상승세를 띠는 일이야 종종 있는 일이었다.

보통은 서열전에 제대로 적응 못 해 기존 계약자들에게 패배를 헌납하게 마련. 그러나 종종 생소한 전략으로 승리를 거두는 경우도 있었다.

하지만 그마저도 그 생소한 전략과 스타일에 적응한 상대에게 무릎 꿇게 된다. 그렇게 간파당하고 난 신입 계약자는 상승세를 마감하게 된다.

하지만 그레모리와 이신은 달랐다.

상승세가 끝날 줄을 모르고 계속되고 있었다.

무엇보다도 일반적인 신입의 일시적인 상승세와 크게 대비되는 것은, 한 번 싸워본 상대들이 좀처럼 다시 도전하려 하지 않는다는 점이었다.

보통은 한 번 지고 나면 상대의 전략을 알게 되어서 그 공략법을 가지고 다시 도전한다.

그런데 한 번 졌던 계약자들이 다시 도전하려 하지 않았다.

그것은 이신이 진짜 실력자임을 증명했다.

다들 이신의 실력을 보았기 때문에 다시 도전하는 위험을 감수하려 하지 않는다는 뜻이었다.

진짜 실력자의 등장!

자연스럽게 그레모리의 바로 위 서열권이 분주해졌다.

위험한 실력자를 계약자로 얻은 그레모리의 도전을 받느니, 차라리 위 서열의 다른 악마군주와 서열전을 벌이는 편이 더 승률이 좋다고 판단한 것이었다.

한마디로 그레모리의 도전을 피해 더 높은 서열로 도망치려하고 있다는 것이었다.

"그래서 그동안 이쪽에서 서열 변동이 꽤 있었어요."

"지금 서열이 어떻게 되십니까?"

"61위에요."

전에는 62위였으니 한 계단 상승한 것이었다.

"그리고 마침내 도전 상대가 정해졌어요."

"누구입니까?"

"서열 60위의 악마군주 오리아스에요. 지위와 명예, 그리고 적과 동료의 호의를 가져다주는 능력을 지닌 악마군주죠."

"계약자를 알고 싶습니다."

"동탁이라는 인물인데 들어보셨나요?"

"…예?"

이신은 순간 자신이 잘못 들었나 싶었다.

"동탁이요."

그레모리의 확인 사살에 이신은 순간 혼란을 느꼈다.

동탁이라니?

삼국지에 나오는 유명한 악역이었다.

십상시 이후에 권력을 잡고서 폭정을 일삼은 인물 아닌가.

'계약자로 임명될 정도의 능력이 있는 인물이었나?'

역사에 관심을 두게 되면서 삼국지도 연의 말고도 실제 역사도 알아보기는 했다.

하지만 그것도 그냥 관심 수준. 제대로 작심하고 공부한 게 아닌 이상, 동탁이 실제로는 어떤 능력과 수완이 있는지 이신이 알리가 없었다.

다만 삼국지연의에 나오는 것처럼 그저 권력만 휘두르는 무능한 돼지라 아니라는 점은 알고 있었다.

실제로는 서량에서 북방 이민족인 강족과 싸우며 세력을 기른 맹장이었고, 지략과 카리스마가 있어 손견을 제외한 모든 제후들이 맞서길 두려워했다는 사실이었다.

'지위와 명예, 적과 동료의 호의를 가져다주는 악마군주라고 했지?'

그렇다면 알아야 할 것은 한 가지였다.

어떻게 해서 나라를 마음대로 주무른 권력을 손에 넣었는가?

악마군주 오리아스가 동탁에게 무엇을 주었을까?

그저 강력한 권력을 휘두를 수 있는 지위를 선물해 준 것일 수도 있다.

아니면 적과 동료의 호의를 얻는 능력을 부여했고, 동탁이 그 능력을 이용해 스스로 무소불위의 권력을 손에 넣은 것일 수도 있었다.

어떤 능력을 받았느냐는 동탁의 악마로서의 능력과도 직결되는 문제이기에 알아내야 했다.

"동탁과 서열전을 치러보셨습니까?"

"아쉽게도 그럴 기회가 없었어요. 다만 그자가 즐겨 고르는 종족이 오크라는 사실은 알고 있어요."

"역시 그렇군요."

오크의 핵심은 오크 창기병과 오크 궁기병 등의 기병 전력이었다.

동탁이 살아생전에 서량에서 북방 유목민족과 싸웠다는 점과 일치되는 점이었다.

발 빠른 기병을 즐겨 쓰는 타입임이 분명했다.

"도전하기에 앞서, 일단은 그가 가진 능력이 어떤 것인지를 알아내야 합니다."

"전처럼 다른 계약자들에게 물어보시게요?"

"그래도 되지만, 그들은 정보를 공짜로 주는 법이 없으니 일단 제가 스스로 알아봐야겠습니다."

그래도 중요한 사실 하나는 알았다.

동탁의 메인 종족이 오크라는 것.

'아마 휴먼을 해보고는 너무 약해서 다른 종족으로 갈아탄 것일 수도 있겠지.'

그러면 사도들도 오크들 중에서 임명했을 터였다.

이는 나폴레옹처럼 생전의 자기 부하들을 사도로 쓰지 않았다는 뜻이 된다.

생전에 동탁의 부하였던 자들을 이신이 서열전에서 소환할 수 있다는 뜻이었다.

이번에도 노가다가 될 것 같았다. 동탁의 부하였던 인물이 소환될 때까지 모의전이 계속해야 하니 말이다.

그레모리의 도움으로 제1 전장 아스테이아에 도착한 이신은 일단 사도들을 모두 소환했다.

"부르셨습니까!"

콜럼버스, 질 드 레, 이존효, 마르몽이 모두 나타났다.

'이제 한 명 남았군.'

사도는 최대 5인까지 둘 수 있다.

한 사람 한 사람 고심해서 임명한 사도의 구성은 지금까지는 완벽했다.

콜럼버스는 정찰과 빙의.

질 드 레는 기사단 지휘 및 이신의 부사령관 역할.

이존효는 최강의 용맹으로 앞장서서 선봉장 역할을.

그리고 투석기 배치 및 포격, 그리고 빙의까지 두루 역할을 맡은 오귀스트 마르몽까지.

이제 남은 하나를 누구로 할지는 이번에 결정될지도 모른다.

동탁 휘하의 장수였던 인물들 중에서 당장 떠오르는 이름은 단연 여포였다.

'멍청한 짓을 많이 했지만 일단 싸움 실력은 확실하니까.'

이신은 일단 모두에게 동탁의 부하였던 인물들을 서열전을 치르면서 본 적이 있냐고 물었다.

"동탁이라는 계약자가 있다는 것만 알지 아는 바가 전혀 없습니다."

질 드 레가 가장 먼저 대답했다.

"저희도 마찬가지입니다."

콜럼버스와 마르몽도 마찬가지. 서양인인 그들이 동탁에 대해 알 리가 없었다. 그러니 지옥이나 서열전에서 누가 동탁의 부하였는지 관심 자체가 없을 수밖에.

그런데 활동 무대가 중국이었던 이존효는 조금 쓸 만한 의견을 냈다.

"이름은 잘 기억이 나지 않는데 동탁 휘하였다는 인물과 싸운 적이 있습니다."

"그게 누구지?"

"병과는 기사였는데 이름이 기억이 안 납니다. 비록 병과 특성상 제가 상당히 불리하긴 했습니다만, 저를 상대로 상당히 오래 비등하게 싸웠습니다."

그것은 놀랄 만한 일이었다.

일개 창병과 말 타고 중무장한 기사의 대결이었으니 이존효의 판정승이라고 할 수 있으리라. 그렇다고는 해도 저 이존효를 상대로 비등하게 싸웠다면 놀랄 일이었다.

"여포?"

당대 중국 최고의 무장이었던 이존효에게 맞설 만한 동탁 휘하 장수라면 그 정도는 되어야겠지 싶었다.

이존효는 웃으며 고개를 저었다.

"그 이름이라면 제가 잊었을 리가 있겠습니까."

"그도 그렇군. 아무튼 병과가 기사였다고?"

"예, 창술 솜씨는 물론이고 매사 침착할 걸 보니 동탁 휘하에 있었던 살아생전에도 크게 중용되었으리라 짐작됩니다."

삼국지연의 탓일까? 여포 다음에 생각난 장수라고는 화웅이었다.

하지만 이내 고개를 저었다.

실존 인물 화웅은 손견에게 대파당하고 목을 베였다는 정사 기록이 전부라고 해서 놀랐던 기억이 있었다.

'그럼 누구지?'

못내 궁금해졌다.

"네가 보기에 그자가 사도가 될 자격으로 충분해 보이나?"

이존효는 잠시 고민해 보다가 고개를 끄덕였다.

"예, 싸우는 내내 침착하고 전황을 살피기를 게을리 하지 않는 것이 영락없는 장군의 태도였습니다."

"알겠다."

고개를 끄덕인 이신은 질 드 레에게 말했다.

"들었지?"

"예, 기사만 소환하겠습니다."

그렇게 모의전이 시작되었다.

창병으로 이존효만 소환한 채 이신은 테크트리를 빠르게 올려 기사를 소환하기 시작했다.

"이 중에서 동탁의 부하였던 자가 있으면 거수해라!"

이존효가 기사들이 소환될 때마다 소리쳤다.

하지만 그런 기사들은 좀처럼 나타나지 않았다.

이신은 기사 20기가 모이자 출진시켰다.

질 드 레도 비슷한 숫자의 기사로 싸움을 걸어왔는데, 일단 붙기 시작하자 의외로 이신이 밀렸다.

다른 병과의 조합도 특별한 전략도 없이 붙으니, 백년전쟁 당시에 뛰어난 기사였던 질 드 레에게 밀릴 수밖에 없었던 것이다.

'이건 또 새롭게 알게 된 약점이군.'

새로운 발견.

다양한 병과를 조합해서 적절하게 배치하거나, 지형이나 드롭 등을 활용한 전술은 이신이 단연 우위. 그러나 이렇게 넓은 평지에서 순수하게 기사들만 놓고 싸우자 이신이 약점을 보였다.

단순 기병 활용의 용병술에서 밀리게 되다니, 이신으로서는 신선한 경험이었다.

'동탁도 기병 위주로 공격을 해올 텐데, 어쩌면 좋은 연습이 되

겠군.'

그렇게 질 드 레의 우세 속에서 기병전이 계속되었다.

이신은 병력을 양분해서 앞뒤로 싸먹는 그림도 그려보았고, 우회해서 적 본진을 공략하는 수도 써보았다.

하지만 질 드 레는 기사단의 전력과 기동성을 십분 활용했다.

노예들을 퍼뜨려서 전 전장에 시야를 밝혀놓는, 이신에게 배운 시야 장악도 활용해 가며 말이다.

이신이 본진을 우회공략하려 하면 바로 알아내어서 역으로 앞마당까지 밀고 들어오는 등, 지속적으로 압박을 가하였다.

열기구나 투석기 같은 것을 조합해 활용하지 않는 한, 이신에게는 돌파구가 없어 보였다.

'실제 서열전에서 이렇게 상대에게 센터를 장악당하면, 내가 마력석 채집장을 가져갈 수 없게 된다.'

전장의 중심부는 모든 지역과 연결되어 있다.

즉 중심부를 장악하면 어디든 바로 공격할 수 있게 된다는 뜻이었다.

이게 e스포츠 게임에서 맵 센터 주도권 싸움이 수없이 벌어지는 이유였다. 물론 e스포츠 경기에서 유닛 하나만 죽어라 뽑는 경우는 없지만 말이다.

그런데 그때였다.

"찾았습니다!"

이존효의 외침이 들려왔다.

"이리로 데려와라."

"옛!"

이준효는 말을 타고 있는 거구의 기사를 데려왔다.

투구를 벗은 얼굴을 보니, 확실히 동양인이었다.

"저를 부르셨습니까, 계약자님."

험악하게 생긴 인상과 달리 사내는 목소리가 매우 침착했다.

"동탁의 휘하 장수였나?"

"예, 이제는 하도 오래전의 일이라 달리 마음을 두지도 않습니다."

"이름이 뭐지?"

"서영이라고 합니다."

"서영?"

들어본 이름이었다.

삼국지연의에서 유명한 인물은 아니었다. 삼국지 정사 쪽을 훑어보다가 우연히 이 이름을 봤던 것 같았다.

"생전에 세웠던 가장 큰 전공을 한 번 말해봐."

서영은 기억을 더듬다가 입을 열었다.

"예주로 출격해서 조조와 포신 격파한 적이 있었고, 낙양으로 진군하던 손견을 기습해 크게 이겼던 적이 있습니다."

"손견?"

이신은 깜짝 놀랐다.

생각났다. 삼국지연의에서 화웅의 전공으로 나왔던 것이 실제로는 다른 장수의 공이라고 들었다. 그 장본인이 바로 서영이었던 것이다.

"난 너를 사도로 삼을까 생각 중이다."

그러자 시종일관 침착했던 서영에게 격동 어린 기색이 드러났다.

"그렇게 해주신다면 견마지로(犬馬之勞)를 다하겠습니다."

"그럼 일단 실력을 보지."

이신은 남은 기사 전력을 전부 집결해 놓고 소리쳤다.

"이제부터 기사단의 지휘를 여기에 있는 서영이 맡는다."

그러고는 놀란 서영에게 말했다.

"한 번 기사단을 이끌고 싸워봐라. 우리는 현재 계속 상대 기사단에게 밀리고 있는 형국이다."

"알겠습니다."

고개를 끄덕인 서영은 기사들을 이끌고 달려 나갔다. 그리고 다시 한 번 질 드 레와 한 판 전투가 벌어졌는데, 이번에는 양상이 달라졌다.

서영은 방추형으로 진형을 구성하더니 그 선두 꼭짓점에 자신이 서서 돌격했다.

그리고 기사들이 일제히 돌격 스킬을 사용했다.

질 드 레 측도 똑같이 돌격해서 맞부딪쳤지만, 사장 선두에 선 서영이 변수를 만들어냈다.

"크윽!"

서영이 내지른 기병창이 상대 기사의 옆구리를 찔렀다.

그대로 밀어붙여 기사를 낙마시킨 서영은 계속 돌격해서 또

한 명을 낙마시켰다.

서영으로 인하여 생겨난 작은 구멍.

그것이 뒤따르는 기사들의 뒷받침으로 점점 큰 균열로 번지기 시작했다.

"계속 밀어붙여라!"

서영이 호령을 하며 기병창을 휘둘렀다.

과연 이존효가 칭찬할 만한 용맹이었다.

서영은 자신의 용맹을 이용하여 적의 예기를 꺾고, 뒤따르는 기사들의 돌격력을 더하여 작은 구멍을 큰 균열로 번지게 만들었다.

그것은 말로 형용하기 힘든, 현장에서 직접 싸우는 지휘관의 요령 같은 것이라 이신이 흉내 내기 어려웠다.

질 드 레는 충돌에서 밀리자 계속 싸우지 않고 즉각 병력을 물려 버렸다.

한 번 기세를 잡자 이신의 운영 또한 눈부셨다.

곧바로 마력석 채집장을 추가로 가져가고, 서영으로 하여금 질 드 레와 크게 충돌하지 말고 적정 거리를 두고 견제케 했다.

서영은 마치 이신의 신체 일부처럼 잘 따라주었다.

요구 조건에 딱 맞춰주었다.

적절히 싸울 듯 말 듯한 위협 행동만 가하여 질 드 레가 쉽사리 덤비지 못하게 했다.

그사이 이신의 새로운 마력석 채집장이 가동되었고, 풍부한 마력 채집량을 바탕으로 기사를 대량으로 소환했다.

물론 여전히 이신이 불리한 상황이었지만 서영이 이끄는 기사단은 소규모 교전이 벌어질 때마다 지는 법 없이 이득을 챙겨갔다.

　서영이 워낙 탄탄하게 기사단을 지휘하고 있어서, 질 드 레는 쉽사리 큰 싸움을 벌이지 못했다.

　그렇게 점차 승부의 균형이 팽팽하게 바뀌더니 승부가 났다.

　[사도 질 드 레 님께서 패배를 선언하셨습니다. 이신 님의 승리입니다.]

　[모의전이므로 마력과 서열의 변동은 없습니다.]

　"어땠나?"

　"이존효가 말한 그 인물을 찾으신 겁니까?"

　"그래."

　"누군지 몰라도 훌륭했습니다. 이쪽은 제가 현장에서 직접 지휘할 수가 없어서 당해내기 힘들었습니다."

　"서열전에서 너를 도와 함께 기사단을 지휘한다면 어떨 것 같지?"

　"더할 나위 없습니다."

　질 드 레의 긍정적인 대답에 이신은 확신을 굳혔다.

　'서영을 사도로 임명한다.'

　[서영을 사도로 임명하시겠습니까? 300마력이 소모됩니다.]

　'하겠다.'

[서영을 사도로 임명했습니다. '사도 명단'이라고 말씀하시면 자세한 내용을 확인하실 수 있습니다.]

모의전이 끝나고 이신은 바로 서영을 사도로 임명했다.

마지막 다섯 번째 사도가 탄생한 것이었다.

서영(휴먼, 기사)

무기: 없음

방어구: 없음

능력: 없음

이신에게 남겨진 마력량은 890.

하급 악마로 각성하기 위한 조건이었던 1천 이하로 떨어져 버렸다. 하지만 다행히 1천 이하로 떨어진다 해도 일단 각성한 악마로서의 능력은 사라지지 않았다.

서영을 소환하자, 눈앞에 나타난 서영은 무릎을 꿇고 소리쳤다.

"감사합니다! 충성을 다하겠습니다!"

"좋은 활약 기대하지."

"옙! 이 몸이 부서지도록 싸우겠습니다!"

서영은 크게 감격하여 소리쳤다.

"그보다 동탁에 대해 듣고 싶군."

"권력을 쥐기 전까지는 화통하고 부하들에게 명망이 좋은 인물이었습니다. 권력을 쥐고 나서 점점 난폭해져서 부하 장수들에게까지 인심을 잃었지요."

"그가 권력을 잡게 되기까지의 경위를 듣고 싶군."

"제가 아는 대로 말씀드리겠습니다."

그렇게 서영의 이야기가 시작되었다.

동탁(董卓), 자는 중영(仲穎).

그는 삼국지연의가 만들어낸 이미지와 달리 말을 타고 활을 쏘는 데 능했던 맹장이었다고 한다. 그리고 결론부터 말하자면, 그는 악마군주 오리아스로부터 적과 동료의 호의를 얻는 능력을 부여받았다.

서량에 있던 시절에는 강족의 호의를 얻었고, 십상시로부터도 호의를 얻어 뇌물로 요직을 따냈다.

여포의 호의를 얻어 적수였던 병주자사 정원을 제거했고, 그렇게 고비마다 동탁은 자신이 가진 꾀뿐만이 아니라 오리아스로부터 받은 능력까지 적절하게 써서 권력을 손에 넣은 것이었다.

'호의를 얻는 능력이라……'

『마왕의 게임』 8권에 계속…